大方
sight

Éric-Emmanuel Schmitt

La Rêveuse d'Ostende

奥斯坦德的梦想家

[法] 埃里克-埃马纽埃尔·施米特 著
徐晓雁 译

中信出版集团 | 北京

图书在版编目（CIP）数据

奥斯坦德的梦想家 /（法）埃里克-埃马纽埃尔 · 施米特著；徐晓雁译 . -- 北京：中信出版社，2020.8

ISBN 978-7-5217-1943-7

Ⅰ. ①奥… Ⅱ. ①埃… ②徐… Ⅲ. ①短篇小说 - 小说集 - 法国 - 现代 Ⅳ. ① I565.45

中国版本图书馆 CIP 数据核字（2020）第 096752 号

奥斯坦德的梦想家

著　　者：[法]埃里克-埃马纽埃尔 · 施米特
译　　者：徐晓雁
出版发行：中信出版集团股份有限公司
（北京市朝阳区惠新东街甲 4 号富盛大厦 2 座　邮编　100029）
（CITIC Publishing Group）
承 印 者：上海盛通时代印刷有限公司

开　　本：787mm × 1092mm　1/32　　印　　张：8.25　　字　　数：101 千字
版　　次：2020 年 8 月第 1 版　　印　　次：2020 年 8 月第 1 次印刷
京权图字：01-2018-7330
书　　号：ISBN 978-7-5217-1943-7
定　　价：49.00 元

RÉPERTOIRE

目 录

奥斯坦德的梦想家

LA RÉVEUSE D'OSTENDE

我从未见过一个如爱玛·梵·A.这般，内心与外表如此迥异的人。

第一次见面，她给人的印象只是个脆弱、低调、没有特点，也不善言谈的女人，不起眼得让人很快遗忘。然而，当我有一天触碰到她真实的一面，她便不断萦绕我心：诡计多端、专横、出色、自相矛盾、不知疲倦的她，将我永远陷入她编织的诱惑之网。

有些女人就是让人一脚坠落的陷阱，有时人们再也不想爬出来。

爱玛·梵·A.占据了我的全部心神。

一切始于奥斯坦德[1]一个羞羞答答的微凉的三月。

我一直渴望奥斯坦德。

旅行时，地名先于地点吸引我。那些字母耸立得比钟楼还高，在远方叮咚作响，几千公里外都可以听到，传来的声音里有画面在展开。

奥斯坦德……

元音和辅音构成地图，垒起房屋，确定氛围。当小镇以某位圣人的名字命名，我的想象便围绕教堂展开；当小镇的发音与森林有关——布瓦弗——或与田野有关——香比尼——，那就是绿色遍布街区；如果与建材有关——皮埃尔芬——，我立即想到的是往墙上抹灰泥；当它涉及奇迹——迪约勒菲——，我想象的是一座耸立于陡峭山顶的小城，俯瞰田野。当我接近一座城市，我首先是与一个地名相约。

我一直渴望奥斯坦德。

如果不是一段夭折的感情将我抛到路上，我大概只满足于想想它而不是去亲历。离开！离开巴黎这个伤心地，快，换换空气，换换环境……

我觉得北方是个好去处，因为我们从未一同去过那里。摊开地图，我立刻被镶嵌在代表北方海域的那片蓝色上的

1 比利时西北部一座沿海城市，是著名旅游、海滨疗养圣地，并以举办大型音乐会和展览会著称。"二战"前，许多遭受德国纳粹迫害的流亡作家、出版人、艺术家、知识分子辗转聚集于此，这里成为短暂的避风港。

七个字母所吸引：OSTENDE（奥斯坦德）。它的发音抓住了我，而且我还记得一位朋友知道有个合适的寄宿地方。打过几通电话后，事情办妥，食宿预定好，行李放到车上。我出发去奥斯坦德，仿佛我的命运正在那里等着我。

这个词语以一个略带惊讶的O开头，接着用S加以缓和，所以预示着我会对伸向无尽远方的光洁沙滩由衷赞叹……因为我听见的是“柔软”而不是“紧绷”[1]，所以我把街道画成宁静天空下的糖果色；因为词根提示我这是一座“面西而立的城市”，所以我组合一些面向大海的房屋，它们被永远的落日染成红色。

我在夜间抵达，不知该如何作想。不，应该说在某些方面，现实中的奥斯坦德与我梦想中的奥斯坦德相互靠拢，但也带给我强烈的失落：尽管小城位于世界尽头的弗兰德，耸立于辽阔的大海和辽阔的田野间，并且拥有宽阔的海滩和怀旧的堤坝，但它也展示了比利时人如何丑化他们的沙滩。借口向更多人开放，他们建造了一长排比邮轮还高的建筑，既没品位也无特点，只是一味追求不动产收益。我看见的是一片混乱的街区，诉说着开发商的贪婪，榨取着休假中的中产阶级的钱包。

幸好，我租住的是19世纪幸存下来的一幢别墅中的一

1　这里玩了一个法语的文字游戏，奥斯坦德最后一个音节与“柔软”“紧绷”读音相似。

层，建筑外墙保留了创建者国王利奥波德二世[1]时代的风格。那个时代的一幢普通建筑，今天却显得独一无二。在一堆毫无创意的建筑中间，在这些被分割成不同楼层，每一楼层又被分割成一套套公寓，装着可怖的茶色玻璃，为追求合理性而让所有窗户完全对称的令人倒胃口的六面体中间，这幢别墅是如此鹤立鸡群，体现出建筑的意愿。它被精心设计，门窗呈不同的结构和节奏，这里通向阳台，那里通向露台，还有连接花园的落地玻璃窗；窗户高、中、低错落有致，甚至还有转角窗。岩板斜屋顶上还会突然开出一扇牛眼似的小圆窗，活像女人的额头停了只苍蝇。

一个宽脸酒糟鼻、五十来岁的红头发女人，开门探出头。

“你有什么事？”

“这里是爱玛·梵·A.女士的家吗？”

“没错。”她嘟哝道，浓重的弗拉芒口音，加重了她凶神恶煞的模样。

“我租了您家的二楼十五天，我布鲁塞尔的朋友应该通知过您。”

“噢，是，你看看！你预约过的！我去喊我姑妈。进来，请进！”

1　原名利奥波德·路易斯·菲利普·马里·维克多（Leopold Louis Philippe Marie Victor），比利时国王（1865年12月17日–1909年12月17日在位），他创建了刚果自由邦，使刚果成为其本人的私人领地（1885年7月1日–1908年11月15日），并强征当地人为他劳动，造成了大约300万刚果人死亡。

她粗糙的双手抢过我的行李箱放到大厅，用略显突兀的热情将我往客厅里推。

窗前，显着一个瘦弱女人的剪影，她坐在一把轮椅上，面向大海，海上的天空仿佛喝饱了蓝墨水。

“爱玛姑妈，你的房客来了。”

爱玛·梵·A.转过身看着我。

若是别人，也许早就有所动作以表示欢迎，她则一脸严肃地审视着我。她十分苍白，比起皱纹，她的皮肤更多是饱受岁月的磨损；发色在黑白之间，并不呈整体的灰色，而是一种双色，突出反差强烈的刘海；爱玛·梵·A.细长的脑袋耷拉在松松垮垮的脖子上——这是年纪的关系？还是表达一种态度？她的脑袋歪向一侧，耳朵贴着左肩，下巴翘向右肩。这种歪着头的注视，似乎是在观察，又仿佛是在倾听。

我不得不打破沉默：

“您好，夫人，我很高兴到您这儿入住。”

“您是作家？”

我终于明白了她刚才对我的审视：她在想我的样貌像不像个写小说的。

“是的。”

她松了口气，似乎放下心来。显然，是我作家的身份让她决定打开家门。

在我身后的侄女明白，外来者已经通过了入住考试，便用小喇叭似的大嗓门说道：

“我马上去收拾一下房间，告诉你，五分钟后就好。”

她走远时，爱玛·梵·A.看她的目光如同看一条忠诚但愚笨的狗。

“请原谅她，先生，我侄女用不来‘您’这个称呼。您知道在荷兰语中，人们只用‘你’这个称呼。”

“很遗憾少了从‘你’过渡到‘您’这样一种乐趣。”

“最大的乐趣是使用一门只用‘您’称呼的语言，不是吗？”

她为什么要这么回答？是担心我会表现得太过亲近？我站在那里，有点尴尬。她请我坐下。

“很有意思，我一生都在书堆里度过，却从未遇到过一位作家。”

我朝周边扫视了一眼，证实了她的话：几千本书填满客厅的书架，甚至延续到了餐厅。为了让我看得更清楚，她像影子般默默将轮椅摇到书架之间，打开惨淡的灯光。

虽然我十分享受印刷品的陪伴，但不知何故，这间书房让我感觉不自在。成套的图书看上去很有派头，精致的皮革或绸缎封面，烫金的作者名字；不同开本的书册排列得错落有致，既不杂乱也不过于呆板，是根据一种稳定的喜好来摆放的。然而，是否我们看惯了初版的书，所以成套的精装书让我们感到不习惯？或因为没有看见我喜欢的书籍套封而不悦？我一时竟不知说什么好。

“请您原谅，我没有读过您的小说。”面对我的无措，她误会道。

“不用抱歉啊，没人能知道所有的书。再说了，我并不期待我接触的人都读过我的书。”

她放下心，停止摆弄干瘪手腕上的珊瑚手链，冲着墙壁微笑道：

“不过我倒的确花很多时间阅读，对，尤其是我会反复阅读。那些杰作要读到第三、第四遍，才能品出其精妙之处，不是吗？”

“您何以判断哪些是杰作？”

“同一些段落，我不会跳过。”

她抽出一本石榴红皮封面的书，激动地打开：

“比如《奥德赛》[1]，无论我从哪一页打开，都会读得津津有味。您喜欢荷马吗，先生？”

“当然……喜欢。”

从她瞳孔的收缩，我猜想她认为我的回答过于轻浮，甚至可以说是粗鲁。我不得不进一步详细阐述我的观点：

“我自己经常会代入奥德修斯这个人物，因为他的狡黠

---

1 《奥德赛》，古希腊最重要的两部史诗之一，相传为盲诗人荷马所作，主人公即为奥德修斯，在拉丁语中为尤利西斯（Ulysse）。

多过他的聪明；他回家但并不急匆匆；他敬重佩涅罗珀[1]，但并不忽视旅途中遇到的每一位漂亮女性。实际上，这位奥德修斯并不高大全，我感觉与他很契合，我认为他很现代。”

“笃信现在才是淫荡的时代，真是很奇怪也很天真……每一代人，年轻人总以为是他们发明了放荡的生活，多么自负！您写哪种小说？”

“我的小说不属于任何类型。”

“很好。”她下结论道，她专业化的口吻让我再次确定自己在经受一次考试。

“允许我送您一本吗？”

“哦，您随身带着自己的书？”

“没有，不过我相信在奥斯坦德的书店里……”

“哦对，书店……”

她说出这个词语时，仿佛别人刚提醒了她这样一种古老事物的存在，她忘了。

“您知道吗，先生，这间书房曾是我父亲的书房，他教授文学。我从童年时代就生活在这些书籍当中，不觉得有增加收藏的必要。我还有那么多卷书没来得及看。您看，就在您身后不远，乔治·桑、狄更斯……他们还有好多书

---

1 奥德修斯的妻子。在丈夫缺席期间，她以给公公织寿衣为借口，以拖延求婚的人。

需要我去发现。还有维克多·雨果。”

“雨果的天才所显露的特点，就是总有一页雨果的书我们还未曾拜读。”

“完全如此。被巨人环绕、守护，这样的生活让我很放心！就是这个缘故，我这里没有……新作品。”

犹豫片刻，她带着谨慎和遗憾说出了“新作品”这个词，但只是微启双唇发出些音节，仿佛这是个粗鲁或淫荡的词汇。听她这么一说，我意识到这确实是个商业性词汇，特指一件流行的东西，用来界定一部文学作品并不恰当。我也发现，在她眼里我仅仅是个“新作品”的作者，从某种角度，就是一名供货商。

“都德和莫泊桑的小说，在它们发表之初，不也被列为‘新作品’吗？”我问。

“时间给予了它们应有的地位。”她答道，仿佛我刚才的话是一种高声的蛮横无理。

我很想回应说，现在，是她显得很天真。但我觉得不应该反击我的女房东，我只是在寻找让我不舒服的原因：这间藏书室没有呼吸，它在四十或五十年前就被凝固成一个博物馆，只要其主人拒绝注入新鲜血液，它就再也不会进化。

“请原谅我扯远了，先生，您是一个人？”

“我就是因为分手才来这里散散心。”

“哦，很抱歉……非常抱歉……我勾起您伤心的回忆。

哦……请原谅。”

她的热情、担忧、突如其来的神经质，显出了她的真诚，她真的为勾起我的不快回忆而自责。

“奥斯坦德对于治疗失恋再好不过。”

“是吗？您觉得我可以在这里痊愈？”

她盯着我看，皱起了眉头：

“痊愈？您指望痊愈？”

“结上疤，是的。”

“您认为您可以做到？”

“是的，我想可以。”

“好奇怪。”她嘟哝着又仔细打量起我，仿佛从没见过我似的。

她侄女出现了，把楼梯最后几级压得摇摇晃晃。她喘着气，粗短的双手抱在胸前，用满怀胜利的口吻通知道：

“行了，你可以搬上去了！楼上这一层都归你啦，你可以挑选房间。请跟我来。”

“热尔达会带您去，亲爱的先生。我，自从我的身体出了问题，我只照管底楼。楼上全部留给您，您也可以更自在些。您可以把喜欢的书拿上楼，前提是看完后放回原处。”

“谢谢。”

“早上，热尔达会把您的早餐送上去，如果您起床不是太早的话。”

“九点半对我比较合适。”

“太好了，那就晚安，先生。祝您住得愉快。”

是什么灵感袭上我的心头？我感觉她是那种会等待吻手礼的女性。我猜对了，我一靠近，她就伸出手腕，我照着习俗弯下了腰。

她侄女看着我们就像在看两个小丑。她耸耸肩，提起我的旅行箱走上有点摇晃的上过清漆的木楼梯。

我刚要离开客厅，爱玛·梵·A.叫住了我。

“先生，我又想了想您刚才认为您可以痊愈时说的话。别误会我当时的反应，那是一种赞许，我希望您能如愿，我会很高兴的。”

“谢谢，梵·A.夫人。我也是，我也会高兴的。”

“要是您能痊愈，那就说明，反正那也不值得痛苦。”

我张大嘴巴呆住了。

她用力盯着我看，然后用不容置疑的口吻道：

“一场真正的爱情，是无法疗愈的。”

说完这话，她双手转动轮椅，三秒后重又回到窗前，恢复了我进门时她的姿势。

楼上，我发现房间装饰很有个性，繁复和女性化，过时的式样增添了几分另类的魅力。

参观一番后，我选择了“蓝山雀”房间。之所以这样称呼，是因为贴墙的日本棉墙布——墙布色彩营造出一种精致的优雅。我从一大堆摆设物中竭力寻找空间放置我的物品，然后安顿下来。这里的装饰有点像巴洛克风格的贝壳雕塑，除了繁复，没有太多意义。

热尔达给我推荐了几家餐馆，留下一串钥匙后就离开了，她要骑自行车回到十公里外自己的家。

我看中了最靠近喀耳刻别墅的一家乡村餐馆，规划好了第二天的徒步。已经沉醉于大海气息的我，倒在铺着厚厚扎人鸭绒被的床上立刻睡着了。

第二天早上，吃过热尔达送来的丰盛早餐：蘑菇、鸡蛋、煎土豆饼，我毫不吃惊地见到爱玛·梵·A.在她的老位置——窗子前坐着。

她没有听见我下楼。白天的光线恣意洒进房间，我能更多看清女房东的五官和举止。

她什么也没有做，但并没闲着。各种情感从她的瞳孔中外泄，各种思绪挂上她的额头又退下，她紧闭的双唇内奔涌着长篇大论。丰富的内心世界难以克制，爱玛·梵·A.在膝头摊开的小说里和抬头凝望窗外的万千思绪里徜徉。我感觉似乎存在两条分开航行的船只，她思维的航船和书籍的航船。偶尔，她垂下眼睑时，它们的航迹交汇片刻，彼此的浪花融合，随后她的航船继续前进。她阅读的目的在于不要独自偏航，她的阅读不是为了填补精神上的空虚，而是为了陪伴一份过于强大的创造力。文学就如同放血疗法，以避免高烧……

爱玛·梵·A.曾是非常漂亮的女人，即便上了年纪。然而近期的一场疾病——据热尔达说是脑血管意外——将她从古董打入旧货行列。她从此肌肉萎缩，身体不再是苗条而是干瘦。她看上去那样轻盈，仿佛她脆弱的骨骼随时会折断。受关节病之苦的关节让她行动困难，然而只要她心头还烧着一团火，她就无视这一切。她的双眸引人注目，大眼睛里有一种清澈的蓝，有北方的云彩从中飘过。

我的招呼将她从沉思中唤醒，她用略带惊慌的眼神看着我，这一刻，我认为她是痛苦的。然而微笑很快回到了她脸上，那是真诚的微笑，没有虚假成分，是海滨氛围下的一种清朗。

“哈，早上好。您睡得好吗？”

“好到我已经忘了睡觉这事。我要去探访奥斯坦德。”

“我多么羡慕您，玩得开心，先生。”

我在奥斯坦德闲逛了好几个小时，我很少在内侧的道路上行走超过二十分钟，大多数时候返回到海堤，就如海鸥被大海的气息召唤。

北方的海呈现一种牡蛎色，绿褐色的波浪溅起白色泡沫。这种交替出现的差别细微的颜色，过分细腻，让我放下对地中海的浓烈记忆：纯净的蓝和黄色的沙，强烈的色彩如儿童画般原始。这里略显沉闷的色调，让人想起在小饭馆品尝海鲜时的咸咸美味，这片海也显得更咸。

即便我从未来过奥斯坦德，我也能在此找到回忆，任凭儿时的记忆抚慰心灵。我将裤管挽到膝盖，让沙子咬着双脚，随后又让海水轻抚自己。像从前一样，我一直走到海水浸没脚踝，不敢继续冒险；像从前一样，我感觉在无垠的天空下和无边的大海前，我是多么渺小。

我周边的人不多，都是些上了年纪的人。是否出于以下缘故，老人们才那么喜欢去海边？因为在海里嬉戏，人们忘记了年龄？因为人们重新找回谦卑和孩童时代的简单快乐？因为建筑物和店铺记录了时间的流逝，而沙子和海浪却永远保持处子之身，永远纯净无邪？沙滩一直是时间无法带走的秘密花园。

我买了一些虾，站着蘸了蛋黄酱吃完，接着继续我的闲逛。

临近十八点，我回喀耳刻别墅时，已被海风、阳光和满脑子的梦想熏醉。

爱玛·梵·A.朝我转过身，微笑地看着我醉意朦胧的快活模样，用心照不宣的语气问道：

“怎么样，这趟对奥斯坦德的探索？”

“令人着迷。”

“您到了哪些地方？”

“我一直到港口。坦率说，如果不能驾船出海，我在这里可是待不住的。”

“哦，您住在这里的前提是必须出发？这真是男人的想法。”

“您说的没错。男人成为水手，然后女人……”

“……成为水手的妻子！后来成为水手的寡妇。”

“当人们一生都住在陆地尽头的一个港口，还能期待些什么呢？”

她对这个失礼的问题很敏感，但还是友好对待我，没有作答。这就鼓励我继续下去，于是我接着道：

“期待出发？”

她耸耸肩排除这种假设。

“期待归来？”

她灰色的瞳孔盯着我，我以为从中瞥见到一丝抱怨，但她坚定的声音否定了我的看法：

“人们回忆，先生，回忆。”

随后她把脸转向辽阔的海面，再次陷入沉思，仿佛我已不存在。她眺望着远方，就如同我凝视着一张白纸一般，在想象中坚定地冒险。

她回忆起了什么？这屋子里没有任何东西述说她的过往，这里的一切：书籍、家具、油画，都属于上一辈人。

我感觉她如同一只喜鹊，带着偷来的宝藏来到这里，小心存放，满足于翻新一下窗帘和墙布。

一上楼，我就问她侄女：

“热尔达，你姑妈告诉我说她整天都在回忆过去。你觉得她回忆起了什么？”

“我哪里知道。她没有工作过，她是老姑娘。”

“真的？”

“我可以保证。我们从未见过爱玛姑妈有过任何男人，从来没有，家里人都知道。每当人家说起男人或婚姻，她就像只蚬贝一样关闭自己。”

“夭折的婚约？战争中死去的未婚夫？她一直深深怀念的被称为悲剧的某次失恋？”

“不可能！那时家里的人比现在多，有叔叔阿姨们想给她介绍合适的人。是的，一些完全可接受的未婚夫人选。失败，总是失败，先生，你相信吗？”

“这倒是很奇怪……”

“孤独一生？啊，这个，我可做不到……我没有嫁给这条海岸线最帅的男人，但至少他一直在，他给了我孩子。像我姑妈这样活着，还不如让我马上去自杀。”

“可她看上去并没有很不幸。”

“她还是令人钦佩的：她不抱怨，即使现在她的精力越来越不济，她的积蓄像黄油一样融化，她也从不抱怨。

对！不抱怨，她看着窗外，微笑，梦想。说到底，她什么也没经历过，但她梦想着经历……”

热尔达说得对，爱玛活在别处，不在我们中间。在她头脑的港口里——脑袋歪向纤弱脖子的一侧——会不会正有什么东西在倾斜，让人感觉她的梦想太过沉重？

这次聊天后，我在背后称她为梦想家，奥斯坦德的梦想家。

第二天，听见我下楼，她转动轮椅朝我驶过来。

“您愿意陪我一起喝杯咖啡吗？”

“非常乐意。”

“热尔达！请给我们端两杯咖啡来。”

她对我嘟哝道：

“她的咖啡稀得像洗碗水，连婴儿喝了都不会兴奋。”热尔达带着自豪端给我们两大杯冒着热气的咖啡，仿佛我们愿意围着她的饮料聊天是对她厨艺的致敬。

“爱玛・梵・A.太太，我被您第一天晚上的回答深深触动。”

“什么？”

“我很快就从驱使我离开巴黎的不愉快中缓过劲来，所以结束这段恋情对我来说并未失去太多。您记得吗，您确信只有那些不重要的感情，人们才能从中走出；反之，一场刻骨铭心的爱情，人们是很难走出的。”

“有一次我看见雷电击中了一棵树，我感觉与它十分贴近。某些时刻，我们点燃别人，灼烧自己，热烈而神奇。接着，就只剩灰烬了。

说完，她又转向大海的方向。

“我们从未见过一棵树根，哪怕还活着的树根，能重新长成一棵完整的树。”

此刻，我突然觉得，她，坐在轮椅里的她，就是扎在地里的那棵树根……

“我感觉您在说您自己。”我小心道。

她一阵战栗，一种突如其来的担忧，甚至是恐惧掠过她的手指，她呼吸变得急促起来。为掩饰失态，她端起咖啡喝了一口，被烫着，于是咒骂了一声。

我假装被她的掩饰骗过，朝她的咖啡里添了点水降温。等她恢复平静，我补充了一句：

“我什么也不会问您的，梵·A.太太。我尊重您的隐私，我不靠近它们。”

她咽下一口咖啡，注视着我，看我是否真诚。我迎着她的目光。她被说服了，点点头，用另一种语气低声道：

“谢谢。”

送她一本我的书的时机到了，那是我昨天买来的，我从后裤袋中抽出书。

“给，我给您带来我认为是我最成功的一部小说。最让我满足的事情莫过于您有机会阅读它，并且喜欢。”

她阻止我，仿佛被吓坏了。

“我？可是……这不可能……”

她以手捂胸。

“您知道，我只读经典作品。我不看那些……那些……”

“新作品？”

“对，那些新近出版的作品。我要等一等。”

“您等什么？”

“等作者的声望确立，等他的作品被视为应该被真正的藏书室收藏，等……”

“等他的死亡，是这样吧？”

我这句话脱口而出。爱玛·梵·A.当着我的面表示厌恶的态度，激怒了我。

“嗯，是这样。”她说道，“最出色的作者们都已经死了！您放心，我也会死。等有一天我体验了死亡仪式后，也许第二天我会来读您的书！”

为什么要发火？这位老姑娘欣不欣赏我有那么重要吗？我为什么需要她对我感兴趣呢？

她在轮椅里直起身子，尽量让自己挺到最高。尽管仍比我矮很多，但她盯着我道：

“先生，鉴于我的年纪和经常发作的疾病，您不用那么自负：我会走在您之前的，用不了多久。而且我死了也不会出名，不会比您更出名。”

她的轮椅急速旋转，在藏书室的家具间穿行。

“说起来挺忧伤，但我们必须接受，我不会与您相逢。”

她在面朝大海的宽大落地窗前停下轮椅。

“有时，一些生来就为燃烧自己的人，无法经历命运留给他们的巨大激情，因为一方太年轻，另一方又太老。”

她再次用沧桑的声音说道：

“很遗憾，我本该喜欢读您的作品。”

她的难过是真诚的。真的，这个女人颠覆了我的一些观念。我顺着她的话道：

“梵 · A. 太太，我生气实在是太自负了，带这份礼物来也很愚蠢，可憎地强人所难。请原谅。”

她朝我转过身，我见到泪水从她平常干涩的眼眶涌出。

“我是多么想贪婪地阅读您的作品，可是我不能。”

“为什么？”

“设想一下，如果我不喜欢……”

哪怕仅是想到这一点，她就担心得发抖。她的热烈令我感动，我朝她微笑，她注意到了，回应我的微笑道：

“那将是非常可怕的事，您是那么友善。”

“如果我是坏作家，对您来说就不再友善？”

“不是，但您会变得可笑。而我把文学看得如此之重，我不能忍受您是平庸的。”

她完全彻底，彻底因真诚而颤抖。

我很想发笑，我们为什么要为几页文字纠缠不休？我突然觉得我们有点令人感动。

“别为这事生气，梵·A.太太。我收回我的小说，我们说点别的。”

“即使这个，也不可能。”

“为什么？”

“我不能述说我想说的。”

“谁阻止您说话？”

她闪烁其词，在身边寻求解围之法，她在书架间穿行，寻找支柱。她的回答差点脱口而出，又被咽了回去。然后，她用疲惫的声调回答道：

“我自己。”

她叹了口气，坚定地重复了一遍：

“对，我……”

她的眼睛直勾勾地看着我，费了巨大力气才说道：

“您知道吗？我也年轻过，我也有过魅力。”

她为什么要跟我说这些？跟刚才的话有什么关联？我张大嘴巴呆在那。

她轻轻摇了摇头强调道：

“是的，我曾经十分迷人，我曾经被爱过！”

“我敢肯定是这样。”

她很生气，打量我道：

“不，您不信我的话！”

“我信……”

“不重要了，我一点也不在乎别人怎么看我或怎么想我。我不仅不在乎，甚至还是人家错误谈资的始作俑者，是我故意挑起的。”

“别人谈论您什么，梵·A.太太？”

“这个，恰好是什么都没有。”

过了一会儿。

“什么都没有，完全空白。”

她耸耸肩。

“热尔达没对您说起过？”

“说起过什么？”

“说起这份空白。我的家人认为我的生活一片空白。承认吧……”

“嗯……”

“是吧，她对您说，我的生活一片空白。然而我的生活曾经十分丰富。这份空白，错得离谱。”

我凑近她。

“您愿意跟我说说吗？”

“不能。我答应过的。”

“什么？”

“我答应过保守秘密。”

“向谁？保守什么？”

“回答这些问题，就已经是背叛的开始……”

这个女人让我困惑。她古董般老姑娘的外表下，却涌动着强烈的个性，浸透和驻扎着怒火，锐利的智慧，用起词语来如匕首一般。

她朝我转过身。

“我被爱过，您知道吗。很少有人这样被爱过，我也爱过，同样热烈。哦，是的，同样，如果这是可能的话。”

她的眼睛潮湿了。

我把手按在她肩上鼓励她。

“讲述一个爱情故事并不犯忌。”

“对我，是禁忌。因为涉及一些太重要的人物。”

她的双手拍打着膝盖，仿佛要把沉默强加于欲说之事。

“如果我打破沉默，那么我这么多年的缄默意义何在？嗯？我一直以来的努力，就将付之东流？”

她关节凸起的双手抓住轮椅的车轮，猛然向前冲了几米，离开屋子，然后把自己关在她的房间里。

从喀耳刻别墅出来，我在人行道上碰见了热尔达，她正埋头分拣垃圾，丢入不同的垃圾桶。

“你肯定你姑妈没有经历过一场轰轰烈烈的爱情？”

“当然肯定。对了，我们还经常拿这事开玩笑呢。如果真发生过什么事，为求平静，她几个世纪前就会说了。”

她正将三个塑料瓶子压扁成瓶盖大小，发出可怕的噪声。

“请允许我坚持己见，热尔达。因为我深信不疑。”

“早就知道你是靠胡扯吃饭的，多么丰富的想象力！”

她粗短的双手撕扯着包装盒，仿佛那就是卷烟纸。她突然停下，盯着两只掠过我们头顶的海鸥。

“你那么坚持，倒是让我想起了扬叔叔，对，他很喜欢爱玛姑妈。有一天，他告诉我一件有趣的事：所有向爱玛姑妈献殷勤的男人，最后都落荒而逃。”

“为什么？”

“因为她对他们说刻毒话。”

“她，刻毒？”

“扬叔叔是这么说的。结果也摆在那儿，没一个人愿意娶她。”

“如果我们分析一下你那扬叔叔的话，更像是她不想嫁任何一个人。”

侄女吃了一惊，被这个看法问住了。我继续道：

“如果她对男人的要求同对作家的要求一样苛刻，可以肯定没一个人能得到她的青睐。她没能遇到足够好的男人，所以就设法让他们气馁。事实上是你姑妈坚持独身！”

“有可能。”侄女违心地退让道。

“这就向我们证明，她远离那些男人，不正是为了捍卫她所保护的，她不曾说起的那个独一无二的男人的位置吗？”

“爱玛姑妈？双重生活？唔……可怜的人……”

热尔达嘟哝着，不以为然。作为受害者的姑妈才让她感兴趣，她带着怜悯，甚至是一丝蔑视去亲近她。每当有人对她指出她姑妈举止背后一定有某种缘故，或某种丰富含义时，热尔达就不再感兴趣。她对这份蹊跷没有任何好奇心，她只接受平庸的解释。热尔达属于那样一种人：他们认为理解就是屈就，浪漫或卓越纯属扯淡。

我很想闲逛一整天，但天气缩短了我的行程。阵阵狂风分散了我的注意力，冰冷硕大的雨点也从低沉的乌云落下。

两小时后，我躲回别墅。一进门，热尔达就一把抓住我，声音里透着惊慌：

“我姑妈在医院里，她心脏病发作了！”

我很内疚，我离开时，她心思那么重，一定是激动的情绪诱发了她的心脏病。

“医生怎么说？”

“我一直等你回来，才能去医院。现在我马上去。”

"你要我陪你一起去吗?"

"呃,是她病了,不是我。再说了,你有自行车吗?医院可不在隔壁。你还是等在这里更好些,我马上回来。"

我趁她不在,仔细打量了一番客厅。为缓解我的焦虑,我认真研究起梵·A.太太的书柜,那里有经典的世界名著,也有一些当年名噪一时,现在早已无人问津的作者的成套作品。于是,我开始思考那些昙花一现的成功和短暂声望的特点。这番前瞻让我备受折磨,如果说今天我拥有许多读者,明天还会有吗?作家的荒谬在于,以为在身后留下些东西,就可以逃脱死亡条款。但留下的东西真能持久吗?如果我还懂得与21世纪的读者交流,对23世纪的读者,我能知道什么?这个问题本身不就是一种狂妄吗?我应该提出来吗?我是否该抛弃这种野心?接受活在当下,唯有当下,享受当下的拥有而不指望将来?

我没有意识到这些思考在类比中放大了我对爱玛健康状态的担忧,我陷入某种倦怠,等待时间流逝。

当热尔达进屋,用力关上门大声嚷嚷时,我吓了一跳。

"不太严重,她已经醒了。很快会康复的,要走也不是这一次!"

"哦,太好了!所以是一场虚惊?"

"是的,医生会留她观察一段时间,然后把她还给我。"

我注视着结实的热尔达，她的肩膀同她的骨盆一样宽大，脸上分散着星星点点的红雀斑，胳膊粗短。

“你与你姑妈很亲近？”

她耸耸肩，仿佛那是显而易见的事，说道：

“可怜的人，她只有我！”

说完，她转身离开，弄出仿佛锅子碰撞的叮当声。

接下来几天我过得不太好。热尔达就像蒸馏滴管的水滴那般断断续续带给我有关她姑妈的消息，后者还是没有回家。然后，仿佛爱玛·梵·A.不再用她那虚弱的身体保护这座城市了，游客一下子占领了奥斯坦德。

复活节——我以前不知道——总是标志着北方一些旅游城市旅游季的开始。自圣周的周五起，街道、商店、海滩，挤满了操各种语言的旅游者：英语、德语、意大利语、西班牙语、土耳其语、法语，荷兰语占大多数。情侣或阖家老小成群结队而来，我从未在同一时间看到过这么多童车，让人以为旁边有个养育中心。成百上千的躯体铺满沙滩，尽管温度计显示只有十七度，冷风还在继续吹。男人比女人更有勇气，将他们的胸膛暴露在苍白阳光下。对他们来说，比起展示好身材，脱下衣服更要展示的是他们的英勇无畏。他们参与到一种雄性的角逐中，与雌性无关。不过他们还是小心翼翼保留着长裤或半长裤，他们的勇气仅限于上半身。在地中海度过整个夏季的我，惊讶于只看到两种颜色的身体，白或红，棕色似乎很少见。在北方的这些人群中，没有一个人晒成古铜色：要么苍白，要么皮肤被太阳灼伤。在一片苍白和猩红间，只有年轻的土耳其人不安地露出他们焦糖般的肤色，所以他们要凑在一起。

被禁止上沙滩的狗狗们在人群中艰难穿梭，被牵狗绳拴住的它们竭力想凑近沙滩；租来的自行车无法动弹，脚踏小汽车更是寸步难行。我忍受着这种侵略似的混乱，问题是我有什么权利用‘侵略’这样的字眼？我凭什么认为其他人就是野蛮人，我只不过比他们先来了几天而已？住在爱玛·梵·A.家里，足以让我变得愤愤不平？这不重要，但我感觉人群带走了我的女房东，仿佛也夺走了我的奥斯坦德。

所以当我听到救护车把她送回喀耳刻别墅时，真是打心底里高兴。

护士帮助她坐到大厅的轮椅上，当热尔达对她姑妈说话时，我感觉那老妇人早已等得不耐烦了，时不时朝我看一眼，鼓励我留下。

热尔达去厨房准备热茶，爱玛·梵·A.转向我。她发生了某些改变，似乎下了决心。我凑上前。

“在医院的日子过得怎么样？”

“没什么要说的。哦，有，最讨厌的就是听着热尔达的钩针在我床头动来动去。很感人，不是吗？但凡她有点空闲时间，不是捧起一本书，而是绣花，或捣鼓钩针，或折腾那些毛线。我最讨厌女红之类，男人们也厌恶这类事。而且，瞧瞧爱尔兰北方阿伦群岛的农妇们！她们的丈夫不回来了，即使回来，也是被海浪冲回的残骸，被盐腌得面目全非，她们只能从他们身上毛衣的针脚辨认出他们来！这就是发生在织毛衣女人身上的事：她们只招来尸体！我得告诉您。”

“确实如此，梵·A.太太。在您休养康复期间，您是否希望我搬到别处去住？”

“不，正相反。我希望您留下，因为我打算跟您聊聊。”

“我很乐意。”

“您愿意和我共进晚餐吗？热尔达做菜不见得比她的咖啡好多少，不过我还是请她做一两道她不会做砸的菜。”

“十分乐意。很高兴看到您康复。”

“哦，我并没有康复，这倒霉的心脏总有一天会完蛋。正因为如此，我想同您聊聊。”

我急不可耐地等待着晚餐。我想念我的梦想家比我自己承认的更甚，我预感她今晚有一吐心声的打算。

到了晚上八点，热尔达骑着她的自行车回家去了。我们刚开始享用头道菜，爱玛便侧身问我道：

“您烧掉过信件吗？”

"是的。"

"什么感受?"

"我讨厌被束缚。"

她眼睛发光，我的回答鼓励了她。

"的确如此。我有一天也这么做了，那是三十年前，我不得不把跟我所爱男人有关的信件、照片，全部投到壁炉中，眼睁睁看着我生命中可触摸的痕迹在火焰中消失。即便我是哭着做出这样的牺牲，但内心深处并未觉得受影响：我还拥有回忆，保留到永远。我对自己说，没人能焚毁我的回忆，永远不能。"

她忧伤地看着我：

"可是我错了。周四，随着这第三次心脏病发作，我认识到疾病正在焚毁我的回忆，死亡正在完善它的工作。就这样，在医院里我决定要向您述说。只对您，我吐露一切。"

"为什么是我?"

"您写作。"

"您还没看过我的书。"

"是没看过，但您写作。"

"您愿意我把您告诉我的故事写下来吗?"

"千万别。"

"那是?"

“您写作……意味着您对别人抱有好奇心，我恰好需要一点好奇心。”

我笑了，摸了摸她的手。

“这样的话，我就是您的人了。”

她也笑了，对我的亲近有点害羞。咳了几声后，她用指甲在盘子的周边划过一圈，垂下眼睛，开始叙述。

那是五十多年前，一天早晨我醒来时，坚信有什么重要的事情会发生在我身上。这是一种预感或是回忆？我接收到一个有关未来的信息抑或是一个我已经忘记的旧梦？总而言之，命运的喃喃低语趁我熟睡之际，把这份坚信放在我身上：某个重大事件即将发生。

您知道人被这样的微光照见后，会变得多么愚蠢：为了猜对即将发生的事，人们用期待将其扭曲。吃早饭时，我设想了好几种情节：我父亲将从驻扎的非洲回来；邮差会带给我一封出版社的信，他们将发表我少女时代的诗歌；我将要接待我儿时最好的朋友。

白天粉碎了我的幻想。邮差完全无视我，没有人来摁门铃，从刚果来的轮船上也没有我父亲。

总之，我开始嘲笑自己早晨的狂热，觉得自己就是个疯子。到了午后，我几乎已经认命，打算带我当时的西班牙猎犬鲍比沿海岸散步。到了海边，我忍不住研究起大海来，以确认没有发生任何奇迹……起风了，海面上几乎没有船只，海滩上也空无一人。

我慢慢往前走，一心想把失望埋葬在疲惫中。我的狗明白这场散步会持续很久，它找来一个旧玩具跟我一起玩。我把玩具抛向一个沙丘，它冲过去，突然又退了回来，似乎被刺了一下，开始吠叫。我无法让它安静下来，检查它的脚掌后并未发现有被虫咬的迹象。我便大声嘲笑它，决定自己去捡回那小球。

一个男人突然从灌木丛里窜出，浑身一丝不挂。见到我的惊讶，他赶紧用粗壮有力的大手拔了一把草，盖住私处。

“小姐，我请求您原谅，别害怕。”

我倒没有害怕，我想的是另一回事。实际上我觉得他那么强壮，那么有男性魅力，那么令人怦然心动，让我几乎喘不过气来。

似乎是为了让我放心，他朝我伸出手恳求道：

“您可以帮我个忙吗？求您了。”

我注意到他的手臂在发抖。

“我……我丢了我的衣服……”

不，他不是在发抖，是在打冷战。

“您冷？”我问。

“有点。”

他的间接肯定说明他教养良好，我赶紧寻找解决办法。

“您要我去给您找些衣服来吗？”

“哦，是的，麻烦您了……”

我计算了一下所需时间。

“问题是我需要两个小时，一个小时去，一个小时回来。等我回来，您该冻僵了，而且风越来越大，天也快黑了。”

我没有迟疑，迅速解下我当大衣穿的斗篷。

“听着，穿上它，然后跟我来。这是最好的办法。”

“可是……可是……这样您会着凉的。”

“行了，我还有一件衬衫和一件毛衣，而您，什么都没有。反正，我不可能跟一个一丝不挂的男人一起穿过海滩。要么您穿上我的斗篷，要么您继续留在那儿。”

“我耐心等待。”

“多么大的信任，”我笑着说道，突然觉得这场景很滑稽，“如果我一回家，就不再出来了呢？”

“您不会那么做！”

“您怎么知道？没人对您解释过我通常会如何对待一个在灌木丛中发现的裸体男人。”

这下轮到他放声大笑。

“好吧，我很乐意穿上您的披风，谢谢。”

我走上前，为了避免他腾出手接衣服时露出私处，我把斗篷披到他肩上。

他松了口气，紧紧裹住自己，尽管那块羊毛料子不足以完全遮盖他高大的身材。

“我叫纪尧姆。”他说道，似乎认为到了该自我介绍的时候。

“爱玛，”我回答，“不要多说话了，赶在这天气把我们冻成冰雕之前，尽快赶到我家里。听到没？”

我们迎着风往前走。

一旦为行走确定了目的地，那就没有比这种移动方式更令人讨厌的了。毫无目标的闲逛才是件乐事，行走没有终点。

幸亏我们的奇怪组合没有遇到任何人。我们沉默不语，每一分钟我都更加惶恐不安。我几乎不敢瞥一眼我的同伴，生怕一阵风刮起他身上的斗篷，我的目光会变得放肆下流。所以我只得埋头赶路，双肩紧缩，脖子僵硬。

一回到我家，躲进喀耳刻别墅，我就用客厅的花格呢毯将他裹起来，又冲进厨房烧热水。从不干活的我临时做起家务，笨手笨脚。当我将饼干放到盘子里时，忽然想到今天家里恰好没有女佣，我却把一个陌生人带到家里，但我有点责怪自己的过分警惕，转身麻利地端着放了热茶的托盘到书房。

他在等我，微笑着，打着冷战，蜷缩在沙发里。

“谢谢。”

我再次发现他轮廓分明的五官，明亮的眸子，蜷曲的金色长发，丰满的嘴唇，柔和而有力的脖子。他的一只脚从花格呢毯中露出，我注意到他小腿光滑、线条优美，没有腿毛，宛如古色古香的大理石。我的客厅里来了一尊希腊雕像——深受哈德良皇帝宠爱，因忧伤而自投到蔚蓝地中海的美少年安提诺乌斯，今晨却完好无损地从北方绿色的波浪中重新出现。我一阵战栗。

他无视我的反应。

“因为我，您被冻坏了，真是抱歉。”

“没有，没有，我很快就缓过劲来了。瞧，我把壁炉点上。”

“您需要帮忙吗？”

“放下您的手吧！在您还未找到披着毯子却不会走光的办法之前，我劝您还是待在沙发上别动。”

我对生火之类的事一向不擅长，但点上壁炉的火并不困难，熊熊火焰很快舔舐着木材。我端上茶水。

“我欠您一个解释。”他喝下第一口茶道。

“您什么都不欠我，而且我最讨厌解释。”

“那您认为发生了什么事？”

“我不知道。可能您今天早晨刚刚出生，您从水里出来。”我即兴道。

“或者？”

“或者，您在一艘运送奴隶去美洲的船上，船遭遇了海盗袭击，在奥斯坦德附近抛锚。而您用某种神奇的方式，成功挣脱铁链，一直游到了岸边。”

“为什么我会被贬为奴隶？”

“某种可怕的误会，一场冤案。”

“哦，看出来了，您站在我这边。”

“当然。”

他指着我们周围几千册图书，愉快地问道：

“您喜欢看书？”

“是的，我几年前学会了字母表，我得好好利用。”

“才不是识字带给您如此想象力……”

“人家经常责备我的想象力，仿佛那是种过错。您怎么认为？”

“您的想象力，我喜欢。”他含笑低语，我则心慌意乱。

结果，我不知要说什么，呼吸开始困难，担忧浮上心头。我这是在干嘛呢？我一个人在家，与一个在灌木丛里遇到的赤条条的陌生男人在一起？按常理我应该感到害怕，而且内心深处，我确实有一种面临危险之感。

我努力理智一些。

“您躲在沙丘后，等了多长时间？”

“好几个小时。在您之前，我已经遭遇过两名散步的女士。我还没来得及说任何东西，她们就逃跑了，我吓着她们了。”

“也许是您的穿着吓着她们了？”

“是，我的穿着。可我穿的是最简单的。”

我们都由衷地笑起来。

“一切都是我的错，”他继续道，“我和我的家人在此不远处住了几周。今天早上我想去游会儿泳，我把车停在沙丘后一个容易辨认的地方。因为一个人都没有，真的没有人，我就把衣服放在一块石头底下，然后游了很久。等我双脚重新回到地面时，我既找不到那块石头和衣服，也找不到我的汽车。”

“被吹走了？被偷走了？”

“我不太肯定我在游了一阵后是否在同一地点上岸，我只是大致认得这个地方。还有什么比沙子与沙子更相似？”

“比一块石头与另一块石头更相似？”

“就是！再说了，也因为这个缘故，我没有向您提议去寻找沙丘后面的汽车。我不知道它在哪儿。”

“太冒失了？”

“太难抵御在海里裸游的欲望了，那是大海的召唤。”

“我理解您。”

这是真的，我理解他。我猜测他应该像我一样，也是个独行者，享受融于大自然时的那种极度快感。不过我还是生出一丝疑问。

“您想过要游回来吗？”

“出发时是的。漂浮时没有。我希望没有终点。”

他认真看着我，缓缓地补充了一句：

“我没有想自杀，如果这是您所提问题的含义。”

“是这个含义。”

“我与危险共舞，当我让自己身处险境，我会兴奋。也许有一天我会犯下不可挽回的错误，但我从未有过去死的意愿。”

“更多是要活的意愿？”

“就是这样。”

“以及逃跑的意愿……”

被我说中，他拉了拉身上的毯子，似乎想要抵御我令他不安的洞察力。

“您到底是谁？”他问。

“您认为呢？”

“我的救命恩人。”他含笑低语道。

“又来了？但愿您也有点想象力。”

“哦，我恐怕是只认识字母表，没有想象力。”

“我们是谁，又有什么重要？您就是我从海滩上捡来的一尊有生命的华美雕塑。我为之除去尘埃，穿上衣服，很快将完璧归还他妻子。”

他皱了皱眉头。

“为什么您要说我妻子？我还没有结婚。”

“对不起，因为刚才您说到……”

“我的家人。我和家人住在这里，父母，叔叔，表兄。”

多么愚蠢！我以为他结婚了，才会向他表示他如此出众。现在我窘得要死，仿佛我的大胆孟浪让我从此在他面前赤身裸体。

他盯着我看了一会儿后转过头：

“那您……您丈夫不在？”

“对，目前不在。”

他期待着更进一步的回答。为了考虑该怎么说，我起身拨弄炉火……我惊慌地发现这个男人让我如此动心，我并不急于让他离开，同时我又不能向他承认我是独自一人住在这幢大别墅里。如果他趁机……他能趁机做什么呢？诱惑我？这个我不反对；偷我东西？看他那副尊容，自己被偷还差不多；对我非礼？他一点都不暴力，不，不可能。

我转过身，突然生硬地问道：

“您是危险的人吗？”

“那要看对谁……对鱼、野兔、山鸡，我是，因为我钓鱼和打猎。除此之外……”

“我最讨厌猎人。”

“那么，您会讨厌我。”

他带着微笑挑衅我，我重新坐到他对面。

“我会让您改变主意……”

“我们认识才几分钟，您就妄想改变我？”

“我们根本就不认识。”

他把毯子往肩头扯了扯，低声回答道：

“关于您刚才的问题，您完全用不着害怕我。我十分感激您把我从尴尬境地中解救出来，毫不犹豫对我打开您家的大门。不过我已经浪费了您太多时间……我能不能打个电话，让人家来接我？”

“当然可以。不过在这之前，您想先洗个澡吗？主要是让您暖和一下……”

“我不敢向您提这个要求。”

我们站起身。

“还有，如果您有衣服……”

“衣服？”

“对，一件衬衫，一条裤子。当然了，我会洗干净熨好后还给您，我保证。”

“问题是……我这里没有男人的衣服。”

“您丈夫的衣服？”

“这个……我没有丈夫。”

一阵沉默。他笑了，我也笑了。我就像个散架的木偶一样跌坐在自己的椅子里。

“我很抱歉没有一个丈夫供您救急，不过到目前为止，我还从未想到过一个丈夫会对我有用。”

他大笑，也重新坐回沙发。

“一个丈夫可是十分有用的。”

“哦，我觉得您将要说出的话并不能触动我！不过您还是说说看吧，一个丈夫到底对我有什么用？请说……”

“可以陪伴您。”

“我有书籍作陪。”

“可以带您去海滩。”

“我跟我的西班牙猎犬鲍比一起去。”

“当您进某个地方时，可闪身为您开门。”

“我自己开门没有任何问题，而且我不喜欢一个闪身一侧的丈夫。不不，这远远不够，他对我还有什么用？”

“他把您紧紧抱在怀里，抚摸您的脖子，亲吻您。”

“哦，这个有点用，然后呢？”

“然后，他把您带到床上，让您在那里无比幸福。”

“哦，是吗？”

“他会爱着您。”

“他做得到吗？”

“爱上您不是件难事。”

“为什么？”

“因为您很可爱呀。”

我们无意识地，不可阻挡地，越来越靠近彼此。

"我需要嫁给一个男人才能得到这些吗？一名风流男子不也可以充当这样的角色？"

"是的……"他叹了口气承认道。

他脸色突然一变，仰身朝后，拉了拉身上的毯子，然后重新坐直，担忧地看了看身边的墙壁，完全换了一种语调和措辞道：

"我很抱歉，小姐。我对您的态度非常不得体。您是那么迷人，我竟然忘记了场合，让您不得不听我说这些话，我的轻浮实在不可容忍。请原谅，忘记我刚才的态度。您能直接告诉我浴室在哪儿吗？"

他的声音里充满了一种全新的威严，我不由自主、乖乖听从他的命令。

他一躺进浴缸，我就向他保证门后的矮凳上会有他所需要的衣服等着他，随后我便冲进自己的房间。我匆匆打开所有的抽屉、衣柜，一边回味着刚才的场景。我这是怎么了？表现得像个冒险家，我恭维他，挑衅他。是的，我强迫他向我献殷勤……一种对他的好感潜入我的言谈举止，让我动作流畅，目光迷离。总之，让我把我们间的交谈变得危险，我不由自主地在我们之间制造出一种色情张力，给他留下轻浮女子的印象。我完全可能诱使他对女人表现得厚颜无耻，好在他的教养让他在最后时刻紧急刹车。

我的衣橱让我很绝望，我不仅找不到任何适合男人穿的东西，也没有任何符合他身材的衣服。突然，我灵机一动，去楼上女佣的房间看看。玛吉特，个子很高也很胖。趁她不在，或许可以找到点什么。

我满头大汗，在她的箱子里翻找到一件最宽大的衣服，然后以最快速度下楼，在浴室门外叫道：

“太不好意思了，简直糟糕透了。我只找到一条从女佣那儿借来的睡裙。”

“没关系。”

“您说没关系是因为您还没见到这件衣服。我在楼下等您。”

当他怪异地穿着这条领口袖口缀着花边的白色棉布宽大裙子从楼梯下来时，我们爆发出一阵大笑。他嘲笑自己的可笑，我不安地咯咯笑着，因为这件女式衣服更反衬出他的男子气概和强壮。他宽大的双手双脚让我心慌意乱。

“我可以打个电话吗？”

“当然，电话机在那边。”

“我该对司机说什么呢？”

我很惊讶他叫司机而不是某位家庭成员，我没时间来搞清楚这个问题，答得牛头不对马嘴：

“很欢迎他来，也有热茶给他。”

纪尧姆一屁股坐到楼梯上，我的回答让他大笑不止。我很高兴这句话对他产生如此效果，虽然我也不知道这是为什么。他在恢复平静后解释道：

“不是，我刚才的意思是我应该告诉他什么地址，好让他来接我。”

“奥斯坦德，杜鹃花路2号，喀耳刻别墅。”

为了挽回形象并证明我教养良好，我撇下电话机旁的他，走到厨房把锅碗瓢盆弄得叮当作响，以此表明我没有偷听他的电话。我甚至敲打着烧水壶、勺子、杯子哼起小曲。

“您泡茶时，人家还以为是交响乐团的打击乐呢。”

“您联系到家人了吗？他们应该放心了？”

“他们就没有担心过。”

我们端着茶壶和一些饼干回到客厅。

“您写作吗？爱玛。”

“为什么问这个问题？每个人都这么问我！”

“因为您看了那么多书。”

“我写过几首很糟糕的诗，不过也就止步于此。阅读与写作并没有什么关联。那我倒要问您，您是否会变身为女人借口因为您喜欢女人？所以，您的问题很荒谬。”

“您说得没错，但您又怎么知道我喜欢女人？”

我说不出话，被问住了。我再次在说话时不经意间加入了情色意味。当这个男人站在离我不到三米远的地方，我就是忍不住要去挑逗他。

“我以为是那样。”我垂下眼睑喃喃道。

“这完全不是我的名声所在，”他用低沉的声音补充道，“我的兄弟或表兄们跟女孩搭讪比我强多了。他们老是责备我循规蹈矩，太循规蹈矩了。”

“哦，是吗？为什么您要那么循规蹈矩呢？”

“很可能是为了把自己留给一个女人，正确的那个，最恰当的那一个。”

我愚蠢地首先想到这句话是对我说的，当我意识到自己的愚蠢后，我试着从另外角度做出回应。

“您不会告诉我在您这个年纪，您还没有……一直没有……”

我没法把话说完，我实在太懊恼了！我现在正在审问一个被我穿上女人衣服的帅得让人窒息的男人，是不是处男！

他张大嘴巴，既惊讶又觉得有趣。

“不不，我可以让您放心……我当然做过，我很高兴做这件事。要知道，在我周围有许多比我年长且非常优秀的女性，她们很乐意在我相当年轻的时候启蒙了我。”

“您看我放心了。”我叹口气道，仿佛他在跟我说他打赢了高尔夫球。

“不过我更喜欢在大自然徜徉，策马扬鞭，或像今天早晨那样游上几个小时。我的愉悦有等级排列。”

“我也如此。”我撒谎道。

我拨动一块将要熄灭的木材，凑近壁炉以掩护自己。

“您为什么要对我说这些？”我红着脸嘟哝道。

“您说什么？”

“您为什么要对我说这些私密的事情，我们根本不认识？”

他转过头，想了一会儿，然后郑重地看着我说：

“我觉得这是不言而喻的……”

“对我不是。”

“我们相互吸引，难道不是吗？”

这回轮到我转过头，想了好一会儿后迎着他的目光。

“对，您说得对：确实不言而喻。”

我想就是在这一刻——以及我们剩下的所有岁月——环绕我们的空气永远地改变了。

刺耳的门铃声打破了这份和谐。他做了个鬼脸：

“我的司机……”

“这么快就到了？”

生活给我们保留了多少惊奇啊：中午时我还不认识这个男人，到黄昏时已是难舍难分。

“不，纪尧姆，您不能就这么走了。”

“因为穿着裙子？”

“穿裙子或穿其他，您不能就这么走了。”

“我还会再来。”

“保证？”

“我发誓。”

他吻我的手足足有一分钟，这一分钟与流逝的二十三年一样丰富。

他走到门口时，我加了一句：

“我就指望您来找我了，我甚至都不知道您是谁。”

他眯起眼睛：

“这才是最奇妙的：您没有认出我来。”

接着，他关上了门。

我不想看着他离开，蜷缩在昏暗的大厅里。

因为激动，我当时并未认真对待他说的最后一句话。到了夜里，在回味我们相遇的每一个细节时，我抓住了这句话：“您没有认出我来。”我以前见过他吗？不可能。一个有着如此外表的男人，我一定会记得。我们童年时代有过交集，我没能认出成年后的那个男孩？对，很可能是这样，从前我们有来往，后来我们都长大了，他认出了我，而我没有认出他来。这就是他这句话的含义。

那么他是谁呢？

我在记忆深处探寻，却未找到任何有关纪尧姆的线索……我更加急迫地期待他再次到来。

第二天，他先是打电话来，请求允许他来喝茶。

当他出现时，他西装外套的优雅，衬衫的精致，皮鞋的华贵，完全震惊到我。这诸多细节将一个野人变成了一个体面人物，我感觉面对的是一个陌生人。

他注意到了我的困惑。

“得了，您不会告诉我您很遗憾我穿了自己的衣服。要不然，我重新穿上带来还您的女佣的裙子？”

他递给我用蚕丝纸包好的衣服。

“不用威胁我，”我答道，“我会试着习惯您现在这个样子。”

我将他引到客厅，茶和蛋糕已准备好，他似乎很高兴重温这样的场景。

“我一直在想你。”他坐下时承认道。

“不要抢走我的话呀，这也是我想对你说的第一句话。”

他将一根手指放在唇前，然后用更温柔的语调重复道：

“我一直在想着你……”

“我的爱。”我抽泣着宣告道。

当这个男人站到我身边时，我不明白自己的反应，我为什么要流泪？为了能扑倒在他怀里（这肯定是第二件会发生的事……）？显然在他靠近我的时候，我内心沉睡的另一个更有女人味、更狡黠的女人醒来了，老练地应对着。我让他继续。

在安慰我一番后，他强迫我跟他分开，分坐在两把不同的扶手椅里，提醒我倒茶。他应对得很理智，过于激动没什么好处。重拾日常动作让我恢复冷静和伶俐。

“纪尧姆，昨天你认出了我，可我没有认出你来。”

他露出疑惑的表情皱皱眉头：

“什么？我，我以前认识你吗？”

“对，当我们很小的时候，我们在一起玩耍过，不是吗？”

“哦，是吗？”

“你不记得了吗？”

“完全不记得了。”

“那你为什么怪我没有认出你来？”

他突然露出愉快的表情。

“真的，我太喜欢你了。”

“怎么？我说了什么？”

“你是唯一一个迷恋一名出自水中的男人的女人。你没有认出我来，我觉得很有趣，那是因为我很有名。”

“对我很有名？”

“不，对很多人。报纸谈论我，刊登我的照片。”

“为什么？你做了些什么而出名？”

“我做了什么？”

“你演戏、写作，或是赢了什么比赛？比如赛车、网球、帆船？这些才华带来名声，你做了什么呢？”

“我什么也没做，我就是。”

“你是？”

“我是。”

“你是什么？”

“王子。”

我完全没料到这个回答，竟无语了好一阵。

他有些担忧：

“这动摇了你的信心？”

“我？”

“你有权认为王室是一套荒唐陈旧的系统。”

“哦，不不，不是这样的。而是……我感觉自己就像个小女孩，你知道，迷恋王子的小女孩。这太荒诞了！我觉得自己很可笑，没有认出你来很可笑，对你产生了感情也很可笑。太可笑了！”

“你不可笑！”

“如果我是个牧羊女，”我做了个滑稽的动作继续道，“那还像回事！王子与牧羊女，不是吗？问题是，很抱歉，我没有羊群，我甚至非常害怕羊，受不了那种气味。我是令人绝望的一例。”

显然，我把他逗乐了。他抓起我的手，安抚我的热切。

“不要改变，如果你能像牧羊女那样，我太开心了，我喜欢你的一无所知……我太习惯女孩们在我面前晕厥。”

“当心，我也有本事在你面前晕倒！我十分渴望。”

谈话又流畅起来，他想了解我的一切，我也想了解他的一切。不过我们都觉得我们相遇的目的不是为了讲述过去，而是为了创造当下。

他每天下午都来与我相会。

我必须承认，多亏了他而不是我，我们没有马上睡到一起。我——或者说我身上非常女性的那部分——在第二次见面时就想把自己给他，而他坚持这些事不要发生得太快。显然，他要赋予这一时刻珍贵的价值。

我们就这样交往了好几个星期，说着悄悄话，接吻。直到有一天分开我们的嘴唇变得无法忍受。

我明白他是在向我证明他对我的尊重，在阻止我过快献身于他之后，现在他希望我对他发出信号。

我打算……

爱玛·梵·A.中断了她的叙述，清了清嗓子，想了一下说：

“一具衰老破损之躯讲述肉欲之事，没有比这更丑陋的事了。我不想强加于您。衰老到一定程度，人们就不该谈论某些话题，以为自己还能激起欲念，实则让人大倒胃口。所以我要换一种方式，我们可以离开桌子吗？”

于是我们来到客厅的一大堆书中间。她灵巧地将轮椅停在一张老式写字台跟前，按下一个开关，弹出一个秘密抽屉，小心翼翼从里面拿出一本精致的橘黄色皮面笔记本。

“给，当我决定成为他的情妇后，我记录了这些。”

“我觉得这样很冒昧……”

“不，不，拿着。您坐在这盏台灯下阅读吧。这是继续听我坦白的最好方式。”

我打开笔记本。

献给我的殿下和我未来的主人

爱情纪念册

爱玛·梵·A.

最让爱情褪色的莫过于对性爱欠考虑的、平庸的、粗暴的压抑。我将这张卡片交给我喜欢的男人，如他使用的一份菜单，用手指给我看他想要的，一夜接一夜。

1. 奥德修斯遭受的折磨及女妖

奥德修斯，人们肯定还记得，为了抵御女妖的歌声，让人把自己绑在船的桅杆上。我的殿下也会被这样绑在柱子上，尽可能少穿衣服，一根布带蒙眼不让他看，另一根捂嘴不让他说话。女妖围着他转，拂过他的身体却不触碰他，在他耳边低语所有她想说的话。如果说女妖充满想象力，我的殿下亦如此，上述场景如能完成，会产生同样的效果，甚至更多。

2. 普罗米修斯的无上快乐

普罗米修斯受宙斯惩罚，被锁于巨石，忍受秃鹰啄去他的肝脏。我提议将我的殿下锁在与巨石一样坚固的东西上，但吞噬他另外的部位，他要多少次就多少次。

3. 梦中的造访

对古希腊人来说，所有的梦都是诸神的造访。我的殿下将是个做梦者，在床上，赤身裸体四肢摊开。我会让他相信肉欲女神阿佛洛狄忒将在他的梦中造访他，前提是他没有睁开眼睛，没有伸出手，总之没有动弹，除了胯部微微扭动。我负责骑到他身上，完成那些精妙动作，将我们带向彼此快乐的巅峰。

替换：我将是做梦者，我的殿下是造访者。

4. 魔笛演奏者

我的殿下将是一支魔笛，我是女乐师。我是演奏他这件乐器的高手。我技艺精湛，我醉心于演奏竖笛一如演奏横笛。前者被含在口中，后者被轻抚侧面。

5. 熊和蜂巢

我的殿下将是一头追逐花蜜的熊，而我停在不容易找到、更不容易触及的蜂巢上。当熊找到一个可靠的体位使得对他和对我动作可行时，我允许他用永不疲倦的舌头贪婪地吮吸我的蜜汁。

6. 原始球

阿里斯托芬曾经说过，男人和女人最初原本是一体，一个球形体。后来他们分开了，男人一半，女人一半。我们很有可能重新组成最初的原始球，我们一个紧贴另一个，缠绕在一起，小腹下方的那个交接点将受到特别关注。这套动作的完成要尽量少动，以便让感觉精细化，持续时间更长。当然这个球像所有球一样，有权在床上或地板上翻滚。

7. 失去方向的球

这次涉及组成原始球时的差错，因为不是所有人都擅长对称。因此我的殿下将脑袋钻到我双腿之间，我的则在他的双腿间探寻。尽管这样注定失败，我们还是尝试着融为一体，在嘴里含住对方身体的一部分。

8. 灯塔守护者

一位诗人断言：爱，就是一起朝同一方向眺望。这就是我们想尝试的，如信号员一般监视着危险的暗礁，我在前，我的殿下在后。

9. 蒂蕾西亚的旅行

有些人记得这位出色的希腊人是先知，另一些则认为他是唯一拥有两种性别的人，传说他先是男人后来变成女人。我的殿下和我决定要体验一番蒂蕾西亚的经历：我的殿下从女人身上撷取态度，我从男人身上获取象征。

10. 西葫芦配甜瓜

爱琴海的一道古老菜谱，将一根西葫芦放在两颗甜瓜之间，直到挤出汁液。

11. 在迷宫里等待

迷宫是什么？是一个让人迷失方向，一道阻隔挡住另一道，有一个骗人的出口，有一个神秘的从未能抵达中心的地方。这个游戏就像迷宫中被困住的人那样，不断探索，找不到正确的门，到处碰壁，只是在近旁撩拨那地方。总而言之，缓慢达到极乐的顶峰。抵达高潮并不被禁止，但越迟越好。

12. 奥林匹克运动会

就如古代的田径运动员，我的殿下和我也赤身裸体涂上油。我们有两种选择：相互搏斗或相互照顾。在搏斗中，每个人都努力压倒对方，使其听己摆布；在照顾中，一方按摩另一方。此两种活动并非不兼容，甚至可以交替进行。不排除任何掌控，也不排除任何爱抚。

13. 帕纳塞斯山的雪

当帕纳塞斯山覆满白雪，寒冷留给皮肤灼痛的记忆，而这时神祇却在那里会合。于是，我和我的殿下，我们像神一样做爱，皮肤通红，不是被白雪所冻，而是因为撞击。

我合上册子，深为惊讶。我不敢注视爱玛·梵·A.的眼睛，我怀疑自己能否写出这样一篇文稿。

“您怎么看？”她问道。

这正是我不想听到的问题！还好，我未及回答，她就伸手拿回册子评价道：

“我不会告诉您他的选择。总而言之，我们的交合一下子就让人迷醉。从那时起，他就中了我的毒，我也中了他的毒。我想不到与一个男人纠缠在一起，会如此愉悦。他表现得淫荡、性感，总是在伺机攫取快感……在到我这里来之前，他什么都不品尝，然后两眼放光地对我指着册子上的某一行。谁在谁之前？是他的欲望触发了我的欲望，抑或是他窥见了我的欲望？我永远都不知道。换句话说，我们谈论的是文学……”

她用手背蹭着皮封面。

有一天，他也给了我一本类似的册子，他为我定制的菜单。可惜，那一本，我后来不得不烧了。

她沉浸在回忆中，给了我想象纪尧姆会写些什么的乐趣。他会有怎样新的任性？在他情人的胆大妄为之后，他还会走多远？在这些词句和“您称呼”的背后，过去时代的情人给了自己多么难忘的自由：自由承认自己的性幻想，自由将性幻想带入伴侣关系中，避免让做爱行为陷入机械性重复，将做爱提升为充满创造力、充满情色诗意的时刻。

“当纪尧姆读过这本手册，却发现他是我第一个男人时，不禁目瞪口呆。”爱玛继续道。

“什么？”

“是的，您没听错。他真的是在有了确凿证据后才相信，在他之前我是处女。”

“不得不说，这些内容可不像是个毫无经验的处女所写。”

“我是处女，但并非毫无经验。否则，我怎么可能写得出这些文字，然后再去实践它们！不，我在非洲已经提前学会。”

“在非洲？”

“这是我对纪尧姆的解释。”

我的童年在非洲度过，在一幢有廊柱的大房子里，仆人用帘子和风扇帮我抵御酷暑，其实也只是杯水车薪。我在比利时殖民帝国最好的地方——刚果——出生。我父亲来金沙萨为有钱的白人教授文学。在上流社会的沙龙里，他遇到一位富家小姐，迷上了她。尽管他没有多少财富，有的仅是一肚子学问，还是娶到了她。我的出生造成了母亲的离去，她在生下我后便去世了。我只见过她的一张黑白照片，放在她从前弹奏的钢琴上，琴盖从此紧闭，高贵而静默。照片褪色太快了，等我长成少女，照片几乎只留下一个依稀可辨的典雅的白色幽灵。我父亲是我童年时代的另一个幽灵：也许他怨恨我造成了他妻子的死亡，也许他蔑视我，他对我不闻不问。继承了我母亲丰厚的嫁妆后，他花钱买了成千上万册书，然后把自己关在书房里，只在有课要上时才出来。

像每个孩子一样，我很自然地以为我的日子很正常。有时我会羡慕其他同学有母亲，但我并未觉得自己很不幸，因为我身边有几个带着甜美声音走路像跳舞的保姆，有一群快活的仆人，她们怜悯地对我充满关爱。至于我父亲，他的孤独和冷漠，更让我着迷。那时我一切努力只为一个目标：向他靠拢，够得上他。

我决定像他一样亲近书本。我第一次开始阅读时，心想他从这些看了让人头疼的蝇头小字里到底能找到什么乐趣？不过需说明的是，我最初啃的是一套十五卷本的罗马史论著。后来我偶然翻到了大仲马的小说，我对阿多斯、阿拉密斯和达达尼亚[1]深深着迷。自此，我慢慢成了一个真正的阅读者，从前我只是扮演阅读者。几年后，当他确信我每周要吞下几千页书后，会时不时指着某本书的书脊，用倦怠的声音道："瞧，你可以试试这本。"于是我满怀感激地扑向那本书，仿佛父亲对我说的是"我爱你"。

我十二岁时，我注意到父亲在确认我入睡后，有时会在黄昏消失。那种时间他肯定不会去上课，那么

1　大仲马小说《三个火枪手》中的人物。

他去哪儿了？一两个小时后，他又从哪儿回来？脸上带着放松的微笑，有时还哼着小曲。我开始想象他在跟某个女人调情，她很可能成为我的第二个妈妈。

我离真相并不遥远，我很快就发现他为我找了一大群妈妈。这些女人，我将与她们成为朋友……不过我讲得太快了，听我解释。

有一天，因为他从餐厅的插花里偷拿了一朵，装饰在他新西装的纽扣里，我就悄悄跟踪他。我惊讶地发现，他只走出去了一百多米，转过我们那条街的街角，走进紫罗兰别墅。我缠住女佣们问：谁住在那里？她们放声大笑，不肯告诉我。我紧追不放，她们终于指出：那是一家妓院。

幸亏，我最喜欢的作家之一——莫泊桑，让我知道有这样一种地方存在，那里的女人给男人带去快乐，以换取金钱。更难能可贵的是，他并不对卖淫活动做任何道德评判，他在《羊脂球》《戴丽叶春楼》中满怀人性地呈现她们。莫泊桑潜移默化地让我对她们怀有一份尊重，而且在我看来，这位天才用自己的笔将她们拔高，甚至神圣化了。

我就是以这样的心态出现在乔治太太的妓院里。看到我这样一个小姑娘来到这里，这个镶着金牙的、胖得几乎撑破她原有裙子的红头发女人，会怎么想？

我永远都不知道。她一直冰冷地将我拒之门外，我软磨硬泡终于以诚意说服她：不，我不是来她这儿找工作；不，我也不是出于嫉妒来监视我父亲；不，我不是来记录这里客户的名单，然后告诉他们在金沙萨的妻子。

“那你为什么出现在这里？是什么东西吸引了你？你的好奇心很不健康……”

“是的，太太，我好奇，可我没觉得这有什么不健康。我对愉悦感兴趣，这不正是你们这里提供的？”

“哦，是的，我提供愉悦以换取金钱。不过还是有其他地方给你启蒙。”

“哦，是吗？哪里呢？我家里没有女人，我母亲去世了。保姆把我当小孩子看待，没人愿意和我讨论！我需要女人，真正的女人，就如你和你的姑娘们那样的女人。”

幸运的是，乔治太太酷爱阅读小说。自从她停止接客——或者说男人们停止找她后——她便投身海量阅读。通过借给她没有的书，与她一起讨论，我哄得她很开心。并且在她大脑某个混沌的部位，我变成她原本希望成为的那个女孩。我呢，真诚地配合这个游戏，我对乔治太太深深着迷，或者说对乔治太太的世界入迷。

她经营着一处为男人带来快乐的场所，她不惧怕他们。

“不用害怕男人，小姑娘。他们需要我们就如我们需要他们。没有理由被碾压，永远不，记住这一点。”

随着时间推移，我可以自由出入蓝色客厅，那间屋子任何男人都无权进入。姑娘们于两次接客的间歇在那里休息、聊天。一周周过去，她们习惯了我的存在，聊天时也不再限制话题。我终于知道男人与女人之间偶发的各种花样百出的交集。我了解做爱，就像一名饕餮食客在厨房里发现美食。

出于友谊，她们中的一位允许我使用“活板门”——这是每个房间都有的一种特殊出口，为了让老鸨可以监视可疑的顾客。

在十二岁到十七岁之间，我就这样不间断地出入乔治太太的妓院，那里几乎成为我的第二个家。说起来令人难以置信，我和乔治太太之间萌生出一种十分温柔的情感，她对我的造访一直守口如瓶。我们有一个共同点：对他人抱有强烈的好奇心。她先是从卖淫，后来从阅读中满足这种好奇心。但她坚持不让我模仿她，也别学她那里的姑娘们。她部分承担起了教育我的责任。

“你，应该走纯洁路线，你是那种受人尊敬的‘好女孩’，类似永恒处女那样的角色，但是现代派的。即使你化妆，也要化得看不出痕迹。”

就这样，每天和妓女们混在一起，我看上去却更令人尊重。麻烦来自我的一个表哥，他看到我在紫罗兰别墅进进出出，便向我父亲告密。

我十七岁生日那天，父亲郑重其事地将我唤到他的书房，命令我给出解释。

我向他和盘托出，没有任何隐瞒。

“你向我发誓，爱玛，发誓……你明白我的意思……发誓你没有把自己给过任何……”

“爸爸，我向你发誓，没有。再说，你了解乔治太太，她可不开玩笑！她说一件事是这样，那就是这样。”

“那……那……倒是。”他有些脸红地结巴道，为我提到安排他那些活动的乔治太太而窘迫，他本希望保守秘密。

我继续强调道，我并不觉得羞耻，不羞于在那里消耗时间，也不羞于与一位老鸨做最好的朋友。只有像我表哥那般固执的人，才会难以理解。

“我明白了……”他有些吃惊地承认道。

他不但惊讶地发现了我是谁，还惊讶地发现其实我挺对他胃口。这场谈话，本应该波涛汹涌，但没有，反而开启了我与父亲之间全新的关系，开启我们幸福的几年……直到我们离开刚果，他和我就穿梭于两幢房子之间，我们自己的房子和紫罗兰别墅。

“这就是为何纪尧姆会发现我是一个经验丰富的处女，是一个从未把自己给过任何人却不害怕男人也不害怕他们的身体和性器官的女人。由于健康原因，我必须离开那里回到比利时。经过治疗后，我就被安置在家族的这幢别墅里。我父亲愿意留在我身边，把他的藏书运回来，他在这里待了六个月，接着就开始强烈怀念刚果——或者怀念紫罗兰别墅——因此他又回到那里。纪尧姆是在我二十三岁那年在此遇到我的。一开始，我们的关系处于秘密状态，出于谨慎，也出于羞怯，还出于地下关系带来的愉悦感。再后来，我们的关系似乎成为一种习惯，保持了下去。除了他身边的人，如秘书、仆从等之外，环境迫使我们保持秘密状态，我们的关系并未被传播开去。我们逃过了流言蜚语，逃过了摄影师，我们从不同时出现在公共场合。除了少数几次去国外，去没人认识纪尧姆的国家偷得浮生半日闲，我们一般就是躲在这里。”

“为什么？”

我竟敢打断她。

爱玛·梵·A.迟疑片刻，她的下巴在颤抖，似乎使劲咽下了一些话。她的眼睛扫视了一下四周，过了一会儿才回答道：

“我选择的是一个男人，不是一位王子。我选择做情人而不是做伴侣，更不是做皇室里的一个女人，受各种繁文缛节的羁绊。”

“您拒绝结婚？”

“他没有向我求婚。”

“您期待他向您求婚吗？”

“不，这反而会证明他完全不懂我，不懂我们，也不懂他的使命。说得更明确点，亲爱的先生，一名皇室继承人，不管他排在怎样的继承顺序，都不会娶一个生不出孩子的女人。”

这是她实话实说的勇气，我露出同情的神色。她松了口气，继续道：

“我们做爱时没有采取任何措施。五年后，我举手投降：我的肚皮比戈壁滩的沙漠还要贫瘠。我一直不知道这是生理原因，还是因为对我母亲分娩后去世的记忆让我的子宫枯竭。”

“后来怎么样了？”

“一开始，没有任何改变。后来他向我承认，他的皇室家族一直在烦扰他，媒体也在担忧，看到他只是从事运动，人们开始怀疑他的男性能力。在这些贵族血统的家族中，有足够多的同性恋者，使那些真正喜欢女人的继承人不得不生育，以便让人民放心，让皇室有安全感。这是他作为男人和王子的使命……我催促他做出行动。”

“就是说？”

“找情妇，在公开场合与她们一起露面。”

“你们分手了？”

“完全没有。我们一直在一起，做情人，但他拯救了表象。他有权短暂地越轨，每次都那么笨手笨脚，那么不谨慎，以至照片总是会出现在报纸上。”

“您如何忍受他背叛您？”

“太容易了，是我选择他的情妇。”

“什么？”

“您没听错。是我选择他与之有外遇的那些女人。”

“他能接受？”

“那是我的条件。我只在有权决定跟谁分享的前提下才接受分享。他疯狂迷恋我，他妥协了。”

“您如何选择他的情妇们？”

“总是选择非常漂亮的。”

“哦，是吗？”

“非常漂亮但是非常浅薄。如果说漂亮不超过十种方式，浅薄却可以有一千种方式。浅薄，她们不会聊天；浅薄，她们尽说些鸡毛蒜皮的事；浅薄，她们只对吸引女人而不会吸引男人的事感兴趣；浅薄，她们自以为很聪明；浅薄，她们总是拘泥于固有的观念。我可怜的纪尧姆，我硬要他在浅薄的王国遨游。”

“我怎么觉得您有点幸灾乐祸？”

“太幸灾乐祸了。最终，我还是善良的，我只是指引他接近那些外表华丽的浅薄女人。如果我坏一点，完全可以把他送到那些既蠢又丑的女人的怀抱！”

“他如何接受这一切？”

“接受得非常好。他接近她们，令她们有最好的感觉；然后又离开她们，令她们有最糟的感觉。他离开我又很快回来。”

“您发誓他没有抱怨过您？”

“我们在一起谈论某一阶段最有趣的美丽傻女人，因为是我选择了风景如画的她们，所以他总有东西讲给我听。否则……这个，我得承认，我们总是笑个不够。这有些无耻，但我们承受着双重压力：一方面社会迫使我们的关系只能处于地下；另一方面社会又逼迫他必须表现出他是个喜欢女人的男人。我们只能想办法应付。私底下，一切都未改变，我们依然痴迷对方，甚至更热烈，因为我们携手克服了诸多困难。”

“您从来没有感到嫉妒吗？”

“我不允许自己表现出来。”

“所以，您还是嫉妒了！”

“那是自然的。有多少次我脑子里塞满他与那些女人们在一起的画面，我真想一了百了。”

“自杀？”

“不，杀了她们，那些女人。我有过杀人的念头。不过她们因自己的愚蠢而自我毁灭了，浅薄的蠢货。我运气不错，都是些真正的蠢货。只有一次，我差点上当！”

她挥舞着手臂，仿佛现在还在与那份危险搏斗着。

“该死的米丽娅姆，她差点就让我上当了。从未见过一个女人花如此大力气装着徒有其表……纪尧姆悄悄将我带到皇宫，让我躲在一道帷幔后面参加一次宴会，以便确定我选择的浅薄女人。我一下子就选中了那个米丽娅姆，她的蠢话一句接一句，简直就是一把蠢话的机关枪，直到我注意到她的蠢话傻事其实都是逗人开心的，总是那么有趣，既没有不合时宜，也不让人厌烦。冷静下来后，我发现她很有幽默感，至少这是情感细腻的一种表现。后来我更加关注她，注意到她对每一个她所接近的男人都能投其所好：对于拘谨高傲者，她会用一种轻松随意的态度，发出‘这家伙，他是多么有趣’这样的信号；对于爱慕虚荣的自大者，她会对他自以为是的成功，抛去恰到好处的吹捧；对于热衷招蜂引蝶的混蛋，她会拿出侧耳倾听的姿态，听那些猎艳者的胜利，仿佛他们就是多次世界大战的英雄。总之，这是个将手中的牌隐藏起来的情场高手。吃甜点时，她凑近纪尧姆，与他聊运动，让他相信她很想尝试跳伞运动。虽然这是谎言，但这个女冒险家完全可能尝试如此体验，以便可以倒在纪尧姆怀里！我禁止她出入皇宫。这是个有心机的女人，为更好操控男人而装着无头脑……她后来实现了辉煌的婚姻生涯，只嫁给那些重要人物，很不巧的是，每次他们都很有钱！”

“纪尧姆有没有迷恋过她们中的某一位？”

“没有，您知道，男人们对上床前所进行的聊天并无太高要求，因为他们已准备好应得的奖赏；上过床之后，有品位、有文化的男人就会变得挑剔，不是吗？”

我低下头，对这个无法反驳的真相哑口无言。

她用手摩挲着膝盖，以抚平裙子上的皱褶。

“这段情人成堆的日子尽管很疲惫，但也在纷乱中让我成为分手艺术的专家，毋庸置疑！我建议他离开她们时的说辞，我发明一些针对她们、说出来让她们目瞪口呆、张大嘴巴却又哑口无言的话语。分手必须决绝、不拖泥带水、不藕断丝连、不反悔，不自虐。”

“结果呢？”

“我们做到了。”

现在，我猜这个故事将进入最灰暗的一段，标志着这段关系走到尽头的那一段日子。爱玛·梵·A.也感觉到了这一点。

“来一杯波尔图甜酒？”

“太好了。”

这个小插曲让我们在进入下一段叙述前，可以喘口气。她啜饮着葡萄酒，并不急于讲述结尾，似乎有些沮丧这么快就要进入这一阶段。

突然，她一脸凝重地转向我说道：

“然而，我意识到我们已经无法再后拖。到目前为止，我们一直在拖延结局，绕过障碍。但是，该是他结婚生子的时候了。我更愿意是我将他推开，而不是他疏远我。出于自傲……我害怕这一时刻的到来，害怕不再是他中意的情人而是他的母亲。对，他母亲……除了母亲，谁会愿意把一个自己想留下的男人推向他的妻子和孩子？”

她的眼睛潮湿了。几十年过去，同样的不舍依然袭上她心头。

“哦，我还没有准备好要成为纪尧姆的母亲！……没有一秒想这么做。我是那样爱他，那样痴迷。所以我只能做到‘仿佛是’。”

她咽了口唾沫，讲述这件事对她来说跟完成这件事一样痛苦。

“一天早上，我对他宣布说，我必须将他放回几年前我发现他的那个沙丘，他马上明白了。他拒绝，恳求我再等等，他哭着躺倒在地。我不为所动。我们来到他出现在我面前的那个地方，将花格毛毯铺在沙地上。尽管天气潮湿阴冷，我们在那里最后一次水乳交融，也是第一次没有查阅我们的快乐手册。无法说清这是不是一种欢愉，这种感觉强烈、愤怒又十分原始。随后，我递给他一瓶加了安眠药的饮料。

面对他沉睡中的如原始雕塑的裸体，我收起他的衣服，跟毯子一起放到我的篮子里，然后拿出从他那里偷来的口述录音机。

我的目光掠过他因寒冷而微微颤抖的大腿上方，拂过他结实的臀部，古铜色的脊背，散乱在颀长脖颈的秀发，我录下我的告别词：

‘纪尧姆，你的情妇们，由我选择；你的妻子，将由你自己选择。我给你权利自己决定如何来想念我。要么你因为我们的分手太过煎熬，选择一个跟我完全相反的女人，以抹去我的痕迹；要么你愿意把我编织进你的未来，选择一个跟我相似的女人。我的爱人，我不知道会发生哪一种情况，我只知道我都不喜欢，但必须这样。我请求任何情况下我们都别再见面。就把奥斯坦德看作是无法抵达的世界尽头吧……不要用希望来折磨我，我也不会再向你打开我的大门，你的电话我不会接，你寄来的信我会撕掉。我们必须忍受痛苦，就像我们曾经剧烈地、无限地燃烧过。我不会留下你的任何东西，从今天晚上起，我会烧毁一切。没关系，人们无法夺走我的回忆。我爱你，我们的分手不会对此有任何

改变。因为你，我的生命有了价值。永别了。'

我快速离开，回到家里后给他当地的助手打了个电话，让他赶在天黑前接他回去。随后我把我们的信件和照片扔进炉膛。”

她陷入沉思，过一会儿又接着道：

“不，我撒谎了。在关键时刻，我忍不住留下了他的手套。您知道，他的那双手……”

她苍老的迟钝的手指抚摸着一只无形的手……

“第二天，我将一只手套寄到他那里，另一只收到我的抽屉里。一只手套，就像一份回忆。手套保留着手的形状，就如记忆保留着真相的形状；手套远不止保护血肉，更是保留了对流逝时间的记忆。手套，是一种充满怀旧的织物……”

她沉默了。

她的叙述将我带向如此遥远之地，我一点不想用平庸的语言来打破它。

我们就这样度过了一段极厚重的时间，在黄色灯光昏暗的阴影下，在一大堆书中间，我们如此渺小。屋外，生气的大海咆哮着。

我凑近她，在她手背上吻了一下，喃喃道：

“谢谢。”

她朝我笑笑，有些激动，仿佛一个临死的人在问“我的一生很精彩，不是吗”？

我上楼回自己的房间，舒服地伸展在床上。她的叙述丰盈了我的梦，甚至早上醒来时我有些怀疑，我睡着过吗？

早上九点半，热尔达就在走廊里叫嚷着要把早餐端到我的床头。她利索地拉开窗帘，然后把托盘放到一张小圆桌上。

“昨天，我姑妈对你讲了她的生平？”

“是的。”

“需要讲一个晚上？”热尔达扑哧笑道。

我知道是好奇心促使她对我表现得如此殷勤。

“很抱歉，热尔达，我发过誓什么都不外传。”

“遗憾。”

“总之，你若以为你姑妈是个什么都没有体验过的老姑娘，那你就错了。”

“噢，我可怜的姑妈，我一直以为她从来没有遇到过狼，到死都会是老姑娘！”

“不是这样的。”

“真的吗？那我要吃惊死了……”

“你为什么那么肯定她是老姑娘？”

“这个，因为她的残疾……”

“等等！把她钉在轮椅上的脑中风，是五年前才发生的……”

“不，我说的是她的残疾。爱玛姑妈在中风前确实能走路，但是走得好不到哪里。可怜的人！她染上了骨关节结核，那年代不像现在这样有药物治疗，结核侵害到她的髋关节。那时她几岁来着？二十岁。就是这个原因，她离开了非洲，来这里的医院就医……作为治疗手段，在疗养院，医生把她摊开在一块木板上整整十八个月！当她回到奥斯坦德的别墅住下时，才二十三岁，只能靠着拐杖行走。孩子们叫她‘瘸子’。这很可恶，小孩子，很蠢，不懂怜悯！我姑妈那时挺漂亮的，非常漂亮。然而谁愿意娶一个跛脚的女孩？每走一步，她的胯就要从一侧摇晃到另一侧。注意，这很让人担心。后来她中风，当她接受坐轮椅后，日常生活反而变得更容易些。你想想，让一个二十三岁的姑娘坐轮椅……天地良心，多么可怜！最后，如果有某个勇敢的男人，某一天愿意献身，那再好不过了……”

她对这么个设想感觉倒胃口，耸了耸肩出去了。

我嚼着硬实的弗拉芒小点心，陷入沉思。我快速冲了个澡，下楼找坐在落地窗前的爱玛·梵·A.，她膝上摊着一本书，眼睛望着远处的白云。

她看到我，脸微微一红。那是一种女人在献出自己后才会有的反应，我感觉必须安抚她一下。

“我在回味您的故事中度过了美妙的一夜。”

“那就好。事后我有些后悔烦扰到您了。”

“为什么您要省略掉您的残疾？”

她抽搐了一下，挺直了脖子，身形至少拉升了两公分。

“因为我的一生并不是一个残疾人的一生，从来都不是。”

突然，她从下往上盯着我看，很不信任地，几乎带着恨意道：

“我知道了，是我那愚笨的侄女告诉您的吧。”

“她是偶然说起的，完全不是为了嗤笑您。相反，她对您的遭遇充满同情。”

“同情？我最讨厌投到我身上的这类目光。幸亏，我命定的男人没叫我忍受他的怜悯。”

“他没有谈论过您的残疾？”

“谈论过，当他想公开我们的关系，起结婚的念头时。我有点不知所措，我回答他说，一个平民女子，人民尚能接受，但他们绝不会接受一个残疾人。于是他给我讲了一个法国皇后的故事，跛子约娜。他甚至还这么称呼我好几个星期，我不得不用尽力气去保持自己的幽默感。”

“是否因为这个，您不希望公开你们的关系？说到底，他比您更好地接受您的残疾……”

“有可能。”

声音里满是沧桑，她的嘴角犹疑着，我明白另一个秘密正在她的唇后等着我。

“是怎么回事呢？”我柔声问道。

“结核病是我不孕不育的真正原因，因为侵及骨骼，再加上各种治疗，我的小腹早已无法耕耘。如果不是这样，也许我会有勇气嫁给纪尧姆……”

她深深看着我，接着道：

“‘如果不是这样’！‘如果没有我的病’！这种话实在太傻了！精神上的不接受更让人痛苦！我的命运不可能在‘如果不是这样’之下展开。永远不该掉入这一类假设中，这是人在痛苦之井的扑腾。我承受了一份霉运和一份恩宠，我没什么可抱怨的！霉运：我的疾病；恩宠：纪尧姆爱我。”

我向她微笑，她平静下来。

“夫人，有个问题我一直不敢问。”

“问吧，冒一下险。”

“纪尧姆还活着吗？”

她深吸了口气，不允许自己回答。

她转动轮椅，滑向一张矮桌，拿起一只银制的扁平盒子，发现里面已经没有香烟了，又恼火地将其推向一边。气恼中，她猛然抓起一只玳瑁空烟嘴，坚定地叼在嘴里。

“请原谅。我不会回答您的问题，先生，因为我不想给您太多线索让您猜出我讲述的那个人是谁。要知道纪尧姆并不叫纪尧姆，这只是我叙述时给他取的一个化名。还请注意我并未提及他的继承顺序。最后还得注意我从未向您明确过这涉及哪一个皇室。”

“什么？难道不是比利时皇室？”

“我可没有说过。也有可能是荷兰皇室、瑞典皇室、丹麦皇室或英国皇室。”

“噢，或者西班牙皇室。”我被激怒，大声嚷道。

“或者西班牙皇室！”她重复道，“我给您讲述的是我的秘密，不是他的。”

我的脑袋开始发胀。太天真了，我尽数吞下她昨晚向我讲述的每一个细节。我这才发现尽管很激动，但她很好地控制着她的叙述，呈现给我的是个精于计算、狡诈、不一样的女人。

我祝她白天愉快，便开始了我的散步。

我漫无边际地闲逛着，一个奇怪的念头在我脑袋里乱窜，我隐隐想起了什么。我的回忆以一种转瞬即逝的方式掠过脑际，就像一个到了嘴边却想不起来的词语。我被热尔达还有后来爱玛亲口告诉我的事情搞得不知所措，带着一种难以言说的郁闷漫步前行。在空无一人的漫长堤岸，我停下好几次。我凝望着大海的波涛，有些眩晕，不得不坐下来。

今天周二，消失的游客还给我一个完整的、空寂的奥斯坦德，然而我还是感觉窒息。

通常，当我在海边居住时，印象中地平线一眼望不到尽头。而这里，在北方，地平线却如一堵耸立的墙，我不是面对一片可以放逐自己的大海，而是一片迎头撞上的海。它并不召唤你出发，而是在你面前横亘一堵墙。是否因为这个缘故，爱玛·梵·A.在此度过余生，甘愿成为被流放于记忆深处的囚徒？

我抓着堤岸边的铁栏杆，就在离开别墅的这么一小会儿，我不知被怎样一种记忆刺激着，嘴里泛起一丝苦涩。那是什么呢？

我朝一个露天咖啡座走去，想喝点什么。一个答案呼之欲出，咖啡馆的座椅突然带给我一个清晰画面：圣日耳曼的疯女人！

二十年前，我初抵巴黎求学。一天傍晚，我和朋友们在等待一场电影开场时遇见了那个奇怪的女人。

“女士们、先生们，我要为你们表演一段舞蹈。”

一个说不清头发颜色——有些是黄色，有些是灰色——的直发女乞丐停留在排队等待进场的人群前，把她随身携带的包裹放在一扇车辆可进出的大门前，接着来到我们跟前，还不时留意着她的那几个包裹。

“音乐来自肖邦！”

她一边用尖细的嗓音哼着乐曲，一边舞动从前应该是白色的舞鞋；碎花连衣裙上披着一条红色披肩，让她的动作束手束脚，她的谢里夫贝雷帽也随时有掉落的危险。有趣的是她在完成表演时的那种漫不经心，完全无视节奏和准确度。想起来时她就哼上几句旋律，前提是她还能喘气；至于她的动作，只是草草的几个舞步的影子，看上去就如一个四岁的小姑娘在镜子前蹦蹦跳跳。我感觉她意识到了这一点，并认为自己是唯一有能力做到的人。从她嘴角的皱褶，我猜她在责备我们表现得如此不识货——“我随便怎么跳，他们都不会注意，不值得给他们更好的表演。”

“演出结束！”

她拎起想象中的拖地长裙，朝我们缓缓施了个高雅的谢幕礼。

那些经常见到她的人使劲给她鼓掌，有些出于同情，有些出于残忍。我们开始为她制造大获成功的氛围，吹口哨，大声叫嚷，引得路人也驻足喝彩。她一遍遍在舞蹈动作中加入谢幕，直到疲惫不堪，用尖细的声音宣布：

“别做梦了，没有第二场！”

随后她从我们前面走过，递上红色贝雷帽。

“为了舞蹈，先生们女士们。为了艺术家，请关照。感谢艺术。”

后来我经常碰见她。有一天她摇摇晃晃走到队伍跟前，鼻子通红，眼神迷离，显然是喝多了。放下随身的大包小包，她断断续续哼了几句，踢了踢腿，证明她无法完成她那马马虎虎的芭蕾。

这让她很是恼火，她恶狠狠盯着我们：

“你们嘲笑一个可怜的老太婆？但我并非一直如此，我也漂亮过，是的，非常漂亮。在那边我的包里，我还有照片。而且，我本来应该嫁给博杜安国王！对，就是比利时国王博杜安。比利时人有像你我一样平庸的首相，但他们有真正的国王！而我，差点就成为比利时皇后，真是这样！比利时皇后，因为年轻时的博杜安国王，对我深深着迷，我也为他着迷！我们曾经非常幸福，非常。后来就有了那个心机叵测的女人，那个……那个……”

她朝地上吐了好几口唾沫，恼怒、气愤，恨得发抖。

“后来就有了那个法比奥拉！”

她赢了，终于能够说出对手的名字。她的瞳孔因愤怒而放大，皱起眉头，粗暴地斥责道：

“法比奥拉，她从我手里偷走了他！对，偷！他爱上的是我，关那西班牙女人屁事，没一点尊重。她想嫁给他，便对他施了魔法。于是他就转身离我而去，啪，就这样，一脚踢开。”

她依着一堵墙，试着喘过气来。

“法比奥拉！当你含着金汤匙出生，当你有来自英国、德国、法国和美国的保姆，会说好几种语言，这一切对你太容易了！切……如果我不是出生在排水沟里，我也能做得到。小偷！小偷！她偷走了我的博杜安！”

处于崩溃边缘的女乞丐定定神，盯着我们看，仿佛才发现我们似的。她看了一眼不远处堆在地上的几个包裹，马马虎虎动了动上肢算是在表演，脸上一副难以捉摸的表情。在挥舞了手臂和手掌大约二十秒后，她突然弯腰道：

“表演结束！”

在她的唇齿间，我听到两套话语叠加在一起：

“为了舞蹈……心机女人……冒险家……小偷……感谢支持舞蹈……婊子法比奥拉！”

这就是我奥斯坦德的梦想家让我想起的女人，恰巧让我想起那个疯女人，她每天拖着十几个塑料袋，被索邦大学的学生们称作圣日耳曼女疯子。巴黎的每个街区都有自己的特别人物。

我的女房东比她好一点吗？刹那间，我感觉到了她的叙述的难以置信。一名残疾女子跟一位王子间的关系！她对一名富裕而自由的男人拥有的优势，甚至可以到替他选择情妇的地步！开始和结束时海滩上的沙丘，如此浪漫……太让人惊讶，太过于艺术化！怪不得他们的故事没有任何物证：根本就没有发生过。

我带着怀疑回顾了一遍她的叙述。她橘黄色皮面笔记本包含的做爱菜单，不正符合女人们撰写的最出色的色情文章？文学上那些大胆的色情杰作不就常是边缘性的单身女人结出的果实？她们不知道如何通向做母亲的道路，因此通过另一种方式来实现？

回到爱玛家里，一个细节就如一把钥匙，打开了所有的门：在大门挑棚上方，镶嵌着命名这个地方的一块金银相间的牌子：喀耳刻别墅！我们可以发现牌子是在别墅建成以后加上去的。

一切都愈发清晰了，荷马史诗就是最初的故事原型！爱玛·梵·A.根据她最喜欢的作者的作品设计了她的一幕幕情节。她与纪尧姆的相遇由一个先兆性的梦境提示，代入了奥德修斯和瑙西卡[1]，瑙西卡就是在水边发现了一个赤身裸体男人的那位年轻女子。为了更好地代入《奥德赛》的神奇魔力,她将自己的别墅称作“喀耳刻”[2]。她讨厌织毛衣或编织的女人，佩涅洛佩，奥德修斯花了多少时间才回到她身边。至于那些情色节目单，灵感来自古希腊。总之，她用文学记忆炮制了她的所谓回忆。

要么是爱玛耍了我，要么爱玛患有谎语癖。无论上述

1　希腊神话中法埃亚科安岛的国王阿尔喀诺俄斯的女儿，长得美丽无比。女神雅典娜托梦给她，让她清晨带婢女到海边去。她在海边发现被海浪送到岸边的奥德修斯。她给落难的奥德修斯穿上衣服，引他进入父王的宫廷。

2　喀耳刻（Circe），希腊神话中住在艾尤岛上的一位令人畏惧的女神。在古希腊文学作品中，她善于运用魔药，并经常以此使她的敌人以及反抗她的人变成怪物。

哪种情况，鉴于她的残疾，她的回避，她都歪曲了事实。

我推开门，决定向她摊牌我不再上当受骗。然而在她坐在轮椅面朝落地大窗的瘦削身影面前，我的怒气消失了。

一种柔软的怜悯之情涌上我的心头。热尔达说得没错，每当她提到她姑妈时总会说“可怜的人”。这个不幸的人不需要通过工作而生存，但她又能通过什么让这个娇俏却饱受残疾屈辱的身体活下去？怎能忍心谴责她使用她最后拥有的那点东西——她的想象力，来逃避或丰富她的存在？

而我，作为小说家，我有什么权利谴责她诗意的即兴发挥？

我走上前，她吓了一跳，然后微笑着指了一把椅子。我在她对面坐下，问道：

“您为什么不把这些写下来呢？这一切多么引人入胜。写一本书吧，书里用化名，然后标明‘小说’。”

她盯着我看，仿佛在同一个婴儿说话。

“我不是个写作的女人。”

“谁知道呢？可以试一下。”

“我知道，我的时间都花在阅读上了。已经有足够多这样的冒牌货……”

我对冒牌货一词的反应是露出一丝苦笑，我觉得她用这个词很说明问题，昨天她对我撒谎了，这个词在某种程度上是她的一种招供。

她注意到我的表情，和蔼地抓起我的手。

“不不，别误会，我说的不是您。”

她的误解，让我觉得十分有趣。她认为我已经原谅了她。

“我敢肯定您是一位艺术家。”

“您并未读过我的书。”

“确实，”她笑着回答说，“可您是那么善于倾听。”

“我就像个孩子一样听着，对人家说的一切照单全收。所以，如果您昨天杜撰一些轶事，我一点都不会察觉到。”

她点点头表示赞许，仿佛我正在对她背诵一首儿歌。我大着胆子进一步道：

“每一个杜撰的故事都是一种招供，每一个谎言都是一种隐秘的忏悔。如果说昨天晚上您要了我，我一点都不怪罪您，反而感谢您。因为您选择了我，对我讲述您的童话。您应该认为我的耳朵配得上您敞开心扉，奉上您的幻想。还有什么比创造更独特？人们还能奉上什么更珍贵的事物？我有幸享此殊荣，被选中。”

她脸部的微微颤抖表明她开始明白我的意思，我急切地继续道：

“是的，您认出了我。某种意义上我是您的一个手足，谎言中的手足——一个像您一样，选择在虚构中表达自己的人。今天，人们看重文学中的坦诚，开什么玩笑！坦诚只有在案件笔录或法庭作证时才构成一种品德。并且，比起品德，这更多涉及一种义务。构架，吸引他人的艺术，叙述的天分，轻松将遥远事物拉到近处的能力，不加描述展示事物的本领，以假乱真的禀赋，所有这一切都与坦诚无关，也不亏欠坦诚任何东西。并且，不靠根植于现实，而是仰仗幻想、期盼中的场景、夭折的欲望和一再重复的渴求所滋养的叙述，比起报纸上刊登的各类真实事件，带给我的收获更多。”

她睁大眼睛咬住嘴唇。

“您……您不相信我所说的？”

“一秒钟也不信，不过这并不重要。”

“什么！”

“不过我还是要谢谢您。”

她是从哪儿找到如此巨大的力量推向我？她猛推我的胸部，我仰面倒下。

“蠢货！”

她暴怒道。

“滚开！给我立即离开这间屋子！滚出去！我再也不要见到你。”

听到叫喊声，热尔达担忧地跑来书房。

“发生了什么事？”

爱玛看到她侄女，想着该怎么回答她。那个结实的女人看到我躺在地毯上，赶紧把我拉起来。

“哎，先生，你摔倒了！你是怎么搞的？被地毯绊了脚？”

“是的，热尔达，他被地毯绊倒了。我就是为了这个叫你来的。现在我要你们让我安静会儿，我需要休息，一个人！”

在这个孱弱老女人不容置疑的专横下，热尔达和我节节后退。

我躲到楼上，很后悔挑起了这场危机。我把爱玛设想成撒谎者，并没有想过她会受刺激。她的反应表明她完全相信自己呕心沥血编织的故事。而现在因为我的过错，让她更加痛苦。怎么办？

热尔达借口送茶来到我跟前，实则要从我这里打探刚才那一幕场景的缘由。

“你对她说了什么？让她这样火冒三丈！”

“我对她说也许我并不完全相信她昨天晚上对我说的那些话……”

“哦，这样啊……我明白了……”

“我友好地补充说我非常喜欢她的故事，如果她演绎了一些事情，这并没有关系。这时她就打了我！”

“哎哟！”

“我不知道她沉溺于她的幻想如此之深，甚至超过了正常界限。我以为她是撒谎者或谎言癖，我没想到她……”

“是疯子？”

“噢，这个词有点……”

“我很抱歉，先生。但你也意识到了爱玛姑妈有点不正常。你会不会认为，你写的那些小说是真的？不会。所以，就像我说的：我姑妈脑子有问题。嗯，大家不是第一次这么说……让叔叔早就说过，艾丽耶特姑妈也这么说过！”

我沉默了。我很不愿意承认这个粗鲁的女人说得合情合理。当常理来自粗野的面孔、大花的裙子、黄色的橡皮手套、贫乏的词汇和不完整的句法时，我一点也不想被这样的常理吸引。然而，我不得不同意她的诊断：爱玛·梵·A.已经在不知不觉中离开现实世界，归附到一个虚幻的世界中。

热尔达转身离开，去准备饭菜。

而我在那里踌躇不决：留在这里还是去安抚爱玛？我无法忍受让她感到痛苦，即使撒谎也好过让她痛苦。

晚上七点，趁热尔达离开，我下楼来到客厅。

暮色四合，在昏暗笼罩的书房，她端坐在通常的位置，双眼通红。我慢慢走上前。

“梵·A.夫人……”

我的声音跌落在屋子的寂静中。

“我可以坐下来吗？”

完全没有反应，我感觉自己变成失声的人，透明的人。

然而，即便她没对我说一句话，没看我一眼，从她肌肉的高度紧张和收缩的视野，我知道她感受到我的存在，而且这种存在让她不舒服。

我寻找着走出这场危机的办法：

“梵·A.太太，我非常抱歉刚才发生的事，这完全是我的错。我也不知道我是怎么想的，很可能出于嫉妒。对，肯定是嫉妒。您的往昔是那么光彩夺目，我必须认为这不是真的，是您杜撰出来的。您知道像我这样的普通人很难经历过如此……非同寻常的事。我向您道歉。我气恼至极，我想通过高声叫嚷这一切不是真的，来诋毁您的幸福。您听到我的话吗？”

她朝我转过身，脸上渐渐浮现一丝胜利的微笑。

“嫉妒？嫉妒，真的吗？”

“真的。我敢挑战任何听了您的叙述而不产生羡慕和嫉妒的人……”

“这我倒没想到。”

她带着友善端详着我，我趁机重建我们之间的信任。

“这肯定是您从不向人倾诉的原因：为了避免引发强烈的垂涎。”

“不，束缚我的是我的承诺。还有，我怕被看成是个疯子。”

“是个疯子……为什么？”

“有太多的可怜虫，他们的生活如此无聊，以至于他们会讲述一些无稽之谈，到最后连他们自己都会信以为真。并且，我能理解他们。”

语言的奇妙……就如鸟儿停在树枝上，却并不让树感觉到。爱玛·梵·A.刚刚描述了她自己的例子却并不自知，仿佛那疾病侵袭的只是别人。

我觉得她气消了，因此我心里一块石头也落了地。

就这样，我在沉默中离开了爱玛·梵·A.。

第二天，热尔达的尖叫声在八点半时将我吵醒：她刚刚发现她姑妈死在床上。

一整天，护士、医生、警车、警察、门铃，大门的开关、人声的嘈杂，都在证实我们早上进她房间时的发现：爱玛·梵·A.死于又一次的心脏病发作。

热尔达的应对无可指摘：满怀悲伤但井井有条，她安排了一切，包括我。她问我是否想缩短居住时间，我已提前支付了二周的房租。我决定留下，她感谢了我，为她自己也为她姑妈，仿佛我给了她们一份人情似的，实际上是我不知道自己要去哪里。

爱玛·梵·A.已经被擦洗干净，化好妆，躺在自己床上等待入殓。

我继续自己的散步，这能带给我一种奇怪的安慰。今天的大海笼罩着一片灰色，忧伤而庄严。我来奥斯坦德是为了找到一个温暖、怀旧、模糊的地方，躲在雾霭笼罩的一角，疗愈一场失恋。我错了！奥斯坦德并不模糊，并不比诗歌更模糊，然而我还是痊愈了。爱玛·梵·A.带给我强烈的情感冲击，以她独特的方式让我正视现实。

作为一种特权，我回味着她在喀耳刻别墅与我们——我和热尔达——在一起的最后时刻。

五点钟，她侄女给我端茶来时嘟囔道：

“公证人给我打电话说关于她的葬礼，有一个必须的安排：要在两份比利时日报、两份荷兰日报、两份丹麦日报、两份英国日报上刊登消息。她真是疯了！”

“你照做了吗？”

“公证人已经执行了。”

“谁是继承人？”

“我，她曾经向我保证过，所以我事先知道。哦，对了，她要求停柩三天，这倒很正常。但另有一件奇怪的事：她要求跟一只手套一起下葬。”

我颤抖了一下。她望着天空继续道：

“在她衣橱深处一只桃花心木盒子里的手套。”

我知道那是怎么回事，但我不想说出她姑妈的那些谵妄以败坏其名声。

过了一会儿，热尔达捧着一只打开的盒子回来，狐疑地看着里面的东西。

“这是一只男人的手套，不是吗？”

“是的。”

侄女坐下来，百思不得其解。这让她很伤脑筋。

“这么说来，她认识过一个男人？”

“一只男人的手套。”我轻声确认道。

她朝我笑笑，明白了我的意思。

“是的，我明白了。”

“一场舞会上的纯洁相遇。她幻想出了后续的故事。那个完美的陌生人，她将他的一只手套据为己有，而他永远都不知道发生了什么……这是我所认为的，热尔达。”

“我也是这么想的。”

我抬起头，从书架上抽出一本显眼的书。

“这个传奇，很容易找出是哪本书给了她灵感。”

我打开一本精装的佩罗[1]《童话集》，指着其中一个章节说：

“灰姑娘，她在离开舞会时掉了一只水晶鞋。王子捡起了鞋子，通过这条线索，去寻找那个坐着马车消失的姑娘。”

---

1 夏尔·佩罗，1628年出生于法国巴黎，法国诗人、文学家。代表作为《灰姑娘》《小红帽》《林中睡美人》《鹅妈妈的故事》等。

我抓起手套。

“这就是王子的手套，相当于灰姑娘的水晶鞋。”

“我可怜的姑妈。我一点不奇怪她的爱情只是童话故事。现实对她太残酷、太粗暴了。爱玛姑妈不仅残疾，还不接受现实。她从来就只是个梦想家。”

我点头赞同。

“玩笑开够了，”她总结道，“我尊重她最后的意愿。不管这只手套来自哪里，我都会把它放在她身边。”

“我陪你一起去。”

我们走到安静得出奇的停放她遗体的房间。我必须承认正因为这只手套是一则童话的见证，我将它套上那老妇人的手指，并放到她胸口时相当感慨——她的心只在梦里激荡过。

第三天前夜，热尔达、她丈夫和她的孩子们，还有我，我们向爱玛·梵·A.做最后的告别。然后我们玩纸牌游戏，等着殡仪馆的人上门。

有人按门铃，我朝远在厨房的热尔达喊道：

“你不用过来，我去开门。”

只有一个男人站在门口，我吃了一惊。

“您好，就您一个人？”

“请原谅，先生。这里是爱玛·梵·A.女士的家吗？”

这一问让我意识到我搞错了来者的身份，在远处马路尽头，灵车还在缓慢开过来。

“对不起，我还以为您是殡仪馆的工作人员。您肯定知道爱玛·梵·A.太太去世了？”

“是的，先生。我正是为此而来。”

一转身，他发现殡仪馆的人正好从灵车下来。

“我很高兴及时赶到了。我可以单独跟您说句话吗？”

来人气质高雅，戴领带，穿着裁剪合身的深色西装，说话时带着一股可以克服面前所有障碍的沉静威严。我不加怀疑，把他领到客厅。

“听着，先生，”他用几乎不带口音的法语说道，“我就不绕弯子了，我来这里带着一份我也搞不懂的奇特使命。请允许我自我介绍：爱德蒙·威廉。”

他挥了挥一张带纹印的名片，我还未及看清，他就低声接着道：

“五年来，我是皇室的秘书总管。当别人给我分配职务时，我从我的前任处接到一道荒唐的指令，他是从他的前任那里接到的，前任是从前前任，一直可沿时间追溯。也许是传递时间久了，大家司空见惯了？也许是故意模糊信息？总之，今天我们谁也不知道，皇室中的哪一位是这个指令的主人……反正这道命令是十分清晰的：如果皇家秘书总管看到奥斯坦德杜鹃花街2号，喀耳刻别墅爱玛·梵·A.女士去世的消息，他的职责是在棺椁盖上之前，把这只手套放到那位女士身上。”

他递给我一只白手套，同爱玛灵床上放在她胸口的那只一模一样。

完美谋杀

CRIME PARFAIT

几分钟后，如果一切顺利，她便可杀了她丈夫。

还需攀爬一百多米高的弯曲小路高悬于峡谷之上，越来越窄，越来越险。在半山腰的这个位置，山不再是向上的斜坡，而是陡峭的崖壁，踏空一步便万劫不复。这里没有树、没有灌木、没有平台，唯有尖利的大石头，稍有不慎，便可能粉身碎骨。

加布丽埃尔放慢脚步，四处张望。他们身后没一点脚步声，对面山谷也不见任何徒步者，所以不会有目击证人。只有南面五百米远处，一群羊在山坡上低头啃着青草。

“喂，老太婆，你累不累呀？”

她皱皱眉头，丈夫喊她“老太婆”，如果他想活命，就不该这么喊！

他转过身，对她的止步不前有点担心。

"你得坚持一下，我们不能停在这里，太危险了。"

在加布丽埃尔内心，有一个声音在嘲笑这个将死之人说出的每一个字。"这可是你自己说的，这里很危险！也许你活到头了，老家伙！"

惨白的阳光重重投射在景物上，更添高山草场的寂静。四周没有一丝风，仿佛这个滚烫的星球要把它触及的一切全部石化，包括人和植物，仿佛它要碾压一切生命。

加布丽埃尔低声抱怨着赶上她丈夫。

"继续往前走，我还行。"

"你肯定吗，亲爱的？"

"我已经告诉你了。"

他看出她的心思了吗？尽管她竭力控制，是否还是露出了马脚？她惦记着待实施的计划，朝他露出甜甜的微笑来稳住他：

"其实，我非常高兴来这里爬山，小时候我经常跟父亲来这里。"

他喘着粗气，环视了一眼陡峭的山体道："在这里，我们太渺小了！"

她内心里的一个声音在咬牙切齿："渺小，你马上会更渺小。"

他们继续攀爬，他在前，她在后。

一定不能动摇，必要时毫不犹豫将他推下去。不能让他有所察觉，避免接触他的目光，只专注于正确的动作。有效，必须有效。这个决定，加布丽埃尔作出已久，她不会反悔。

他开始拐入那个崎岖的转弯口。加布丽埃尔加快脚步又不想引起他的注意，她紧张、急迫，尽量控制喘息声，一块松动的石头差点绊倒了她。“哦不，”那个心里的声音大笑道，“眼看事情就要解决，你可不能先出意外。”她从这一绊中，汲取了巨大的力量，冲向她尾随的那个背影，伸出双手用尽力气朝他的后腰推去。

男人一挺身，失去平衡。她又朝他的脚踝挥出致命一拳。男人的身体倒向小路外侧，朝深渊坠落。加布丽埃尔惊恐地后退一步，用肩膀抵着斜坡，避免自己掉下去，也避免看见她制造的场景。

听见声音，对她已足够。

一声惨叫回荡开来，距离已经相当遥远，带着十万分的惊恐。接着传来一声撞击，第二声撞击，痛苦的惨叫越发惨烈，再一次撞击，破碎和撕裂的声音，几块碎石滚落的声音。接着，突然死一样的寂静。

行了，她成功了，得到了解脱。

她的四周，阿尔卑斯山献出壮丽而仁慈的风景，一只鸟在峡谷上空翱翔，仿佛挂在碧空如洗的天幕，一动不动。没有警笛声来控告她，也没有突降的警察挥舞着手铐。至高无上、平静、默契的大自然，接纳了她。

加布丽埃尔离开岩壁，探头朝深渊张望。她花了好几秒钟才找见那具摔烂的尸体，并不在她最初寻找的那个方向。结束了！加布停止了呼吸，一切就那么简单。她无一丝负罪感，反而松了口气。而且她已经觉得与那具横躺在那里的尸体没有任何关联。

她坐下，采了一朵淡蓝色的花放在嘴里嚼着。现在，她有时间偷个懒，有时间沉思，她不会再被加布所做的事或对她隐瞒的事困扰了，她获得了新生。

她这样待了多少分钟？

远处传来稍稍沉闷的铃铛声，将她从神思恍惚中惊醒。羊群，哦，是的。需要下山，演戏，找人求救。可恶的加布，他刚刚离开，自己还得在他身上花时间，为他努力，给自己添麻烦！他永远都不能让她太平！

她站起身，恢复平静，为自己自豪。最重要的事情完成了，无须再多做什么，自己便可找回宁静。折返的路上，她回忆着事情的经过，想起来真是有些怪异，她这个计划是在一些全然不同的阶段酝酿的，那段日子，加布的存在让她忍无可忍。那是另一个时候了，离现在已经很遥远。

她迈着矫健的步子，比她平时走的速度快多了，因为她的喘息有助于让人相信她深受刺激。她必须克制自己的欣喜，掩饰她那三年愤怒一朝消散的喜悦，这三年里，强烈而锐利的愤怒将利剑刺入她的头颅。现在他再也不能把她当作“我的老太婆”，再也不会一伸手就让她忍受他怜悯的目光，再也不能声称他们是幸福的——其实完全不是。他死了，哈利路亚，自由万岁。

走了两小时后，她看到了一些徒步者，便朝他们奔去。

“救命！我丈夫！求你们帮帮忙！”

一切进展得十分顺利。她靠近他们时跌倒了，擦破了皮，流着眼泪叙述了那场意外。

她的第一批观众上钩了，照单全收，相信了她的故事和她的悲伤。他们分成两组：女人们在山谷陪着她，男人们出发去寻找加布。

到贝勒维大酒店时，应该已经有人打电话通知过她的到来，因为前台工作人员一副知情模样接待了她。一名神色黯淡的宪兵告诉她说一架直升飞机已经带着搜救人员出发了。

听到“搜救人员”这几个字，她打了个冷战。他们还指望找到活着的他？加布能从摔落中逃过一劫吗？她还记得他的叫喊声，叫喊声停止后，就是一片死寂。她怀疑地问道：

“你们……觉得他还有活着的可能吗？”

“我们有这个希望，太太。他平时身体如何？”

“身体很好。但他摔下去几百米，而且在石头上撞了好几下。”

“我们还遇到过更令人惊奇的情况呢。只要还不知道结果，我们的职责就是保持乐观，亲爱的太太。”

这不可能！要么是她疯了，要么是他。他说这些话是因为掌握了某些信息还是重复例行的套话？肯定是第二种情况……加布不可能活下来。假设奇迹发生，他幸存下来，肯定也是伤势严重，内外大出血，不能动弹，说不了话！得了，即使他没有马上完蛋，也会在接下来的几小时内死去。在人家把他吊到直升机上之前，他会有时间向抬担架的人说点什么吗？他会告发吗？不可能。他知道什么？什么也不知道。不不不，一千个不可能。

她将头埋在双手中，旁人以为她在捂着眼睛祈祷，事实上她在心里咒骂那名警察。尽管她认为自己所想肯定是对的，但这个蠢货却让她产生了怀疑！她害怕得发抖！

突然，一只手按在她肩头，她吓了一跳。

搜救队长带着被打败的猎狗那般的神情看着她说：

“您得鼓起勇气，太太。”

“他怎么样了？”加布丽埃尔喊道，紧张得发狂。

“他死了，太太。”

加布丽埃尔发出一声尖叫，十个人冲上去安抚她、安慰她。她无耻地叫喊着哭泣着，释放她的恐惧：喔哟，他没有活过来，他没有开口，搜救队的忙乎让她虚惊一场！

她的周围，人们同情她。多么美妙的快感啊，凶手被当作受害者对待时产生的快感……她一直保持这种状态到晚餐时间。当然了，她拒绝吃饭。

九点，警察又来找她，向她解释他们必须问她一些问题。尽管她装着惊讶，心里还是等着这一刻。在付诸行动之前，她早已排练过她的证词，以便说服人们相信这是一起意外事故，驳倒死亡事件中对配偶的首先怀疑。

人们把她带到有着粉色水泥墙的警察局，她在那里看着一张有三只可爱小猫的挂历，讲述了她的版本的事情经过。

尽管审问者问她这样那样的问题，她都表现得似乎从未想过人家会对她起疑心。她哄骗了所有人，在证词记录上签了字，回到旅馆过了安稳的一夜。

第二天，她的两个女儿和一个儿子在各自伴侣的陪伴下赶来。这一回，形势让她有点难以招架，面对她所爱的孩子们的悲伤，她感受到一种真切的懊恼。不是懊恼杀了加布，而是懊恼强加给孩子们这份痛苦。多么遗憾他曾是他们的父亲！多么愚蠢她不是跟别人生下了他们，好让他们避免为这一位而哭泣……总之，太晚了。她沉浸于一种迷茫的缄默中。

他们到场的唯一用处在于：他们去停尸房认领尸体，让他们的母亲免受刺激，这正中她下怀。他们还试着剪下当地报纸上关于这次悲剧性摔落的文章，怎么也不会想到《一名徒步者意外身亡》或《粗心大意的牺牲品》这类标题会让加布丽埃尔欣喜若狂，因为这些白纸黑字向她确认了加布的死亡和她的清白。

不过还是有个细节让她不舒服：从法医学院回来后，她的大女儿红着眼睛，觉得有必要对母亲悄声道："你知道吗，爸爸即便死了，仍然很帅。"这小姑娘瞎掺和什么？加布的英俊只跟她加布丽埃尔一个人有关！只属于加布丽埃尔！她承受了这么多痛苦不正是这个原因？

这个插曲之后，加布丽埃尔一直沉默着，直到葬礼结束。

当她回到桑利斯[1]的家中，邻居和朋友们前来吊唁。如果说她很乐意接待第一批来访者，后来就很快厌倦了不断重复相同的叙述和听着千篇一律的套话。在她忧伤、逆来顺受的面孔背后，她的怒火在燃烧：干掉她丈夫后却又得不断提起他，那又有什么用？而且她是多么迫不及待想跑到四楼，凿开墙壁寻找他藏匿的东西，去揭开到底是什么在一直折磨着她。她多么希望可以独处，哪怕只有一会儿！

他们的宅邸靠近坚固的城墙，像极了童话中的城堡。

---

1 靠近法国北部的一座小城。

蔷薇花在墙角塔、堆堞、枪眼、雕花的阳台、装饰性的圆花环，以及陡峭的台阶和哥特式风格的彩绘玻璃尖窗间随处攀爬。根据来访者喧哗的程度，加布丽埃尔凭经验将他们分成四类，从野蛮人到乏味无聊者。野蛮人带着敌视看一眼四处的墙，低声埋怨着："这里好破旧。"以为自己有文化的野蛮人则嘟哝道："这是中世纪留下的，不是吗？"真正有文化的野蛮人戳穿幻觉："建造于19世纪的中世纪风格？"最后，乏味无聊者会喊道："维奥莱公爵！"然后烦人地评价起由那位著名建筑师和他的作坊改造、修复、创新的每一个细节。

这样的一幢住宅在巴黎北部桑利斯的瓦兹省乡间，并没什么可大惊小怪的。沿着主要的山脊，那里坐落着许多这样的历史建筑。在圣女贞德时代留下的建筑物或奠基于17、18世纪的石头建筑边上，加布丽埃尔的房子可以说是最不够优雅的建筑之一，因为太新了——只有一个半世纪——品位也有待商榷。尽管如此，自从她从父亲手里继承这幢房子后，他们夫妇一直生活在这里。加布丽埃尔有时觉得很有趣，她的房子将她拔高到"新富"之列，但她从不认为自己新，也不认为自己富。

在这幢也许会让大仲马或沃尔特·斯科特[1]入迷的住宅

1　沃尔特·斯科特（Walter Scott）（1771–1832），英国诗人和小说家。

的第四层，有一间属于加布的屋子。尽管结婚后他住在她家里，但为了让加布感觉是在自己家，他们约定他对这间屋子享有完全的使用权，加布丽埃尔不得有任何异议。只有当他在此耽搁太久时，加布丽埃尔才能来找他，否则她不该来这里。

这地方看上去没有任何特别之处，除了书籍、烟斗、地图、地球仪之外，只保证了最基本的舒适，有几把皮面塌陷的扶手椅。但厚厚的墙上有个洞，用一块垂直的活板门阻挡着。加布二十年前掏出墙里的砖，开了这个小洞。每当他往里添置一样东西后，便用灰泥重新抹好，以躲避别人的目光。鉴于他的这些预防措施，加布丽埃尔知道自己无法偷窥而不留下证据。起先出于爱情，后来出于恐惧，她一直尊重加布的这个秘密。他还经常以此打趣，测试她的抵抗力……

再也没有什么能阻止她撬开洞口。

头三天，她觉得拎着一把榔头和一根撬棍，有失体面。总之，看看这些来来往往的人，她也没有时间。第四天，因为电话和门铃都没有响，她计划先去三百米外自己的古董店看一眼，就回来满足她的好奇心。

几乎就在城边上，几个金色字母“G.和G.德萨拉”的店招，表明这是家朴素的古董店，是这个地区人们喜欢的风格。也就是说，大家可以在这里找到些大型的物件，如碗柜、桌子、衣橱等，用来装备自己宽敞的度假屋；也可以找到些小玩意，如台灯、镜子、小雕像等来点缀内部装饰。这里并不呈现任何特别的风格，什么风格都有，包括一些糟糕的模仿之作，只要它们超过一百年。

两个店员向她汇报了她在萨瓦省致命的度假期间店里物品的销售情况。随后加布丽埃尔又去找了她的会计，在与之短暂会面后，她在店里巡视了一番。自从大家从附近街上听说那个可怜的“德萨拉太太”在店里时，店里就挤满了长舌妇。

她在人群中看到了波莱特，不禁打了个寒战。

“我可怜的宝贝，这么年轻就成了寡妇！”波莱特喊道。

波莱特想找个烟灰缸来摁灭她手里沾着唇印的燃着的香烟，没有找到，便用绿色鞋跟踩灭了烟头，一点不担心可能会烧坏亚麻地毯。她走上前，夸张地朝加布丽埃尔张开双臂。

“亲爱的小可怜，听到你的不幸我多么难过。”

加布丽埃尔颤抖着让她拥抱。

波莱特是唯一让她如此畏惧的女人。这一位能从别人身上发现真相，被许多人视作最厉害的毒舌。她有一种天赋，仿佛能用激光般的凌厉眼神和眼球凸出的双眼穿透人脑，然后说出几句能永久摧毁一个人名声的话来。

她们拥抱时，加布丽埃尔咬到了波莱特几根因几十年染烫而枯黄的头发，几乎喘不过气来，然后她勇敢地迎向这张涂着茶褐色脂粉的油腻面庞。

“跟我说说，警察审问你了吧？他们肯定会问是不是你杀了他？对吧？”

“瞧瞧，她已经开始在怀疑我了，她可不浪费时间，立即开始进攻。”加布丽埃尔心想。

加布丽埃尔弯下脖子表示同意。波莱特的反应是尖叫：

“混账东西！他们这样对待你！你，疯狂爱着加布的你，三十年来在他面前低到尘埃里的你！只要他向你提出要求，你就可以做手术变成随便什么，变成男人或老鼠都行！我一点也不惊讶，这些混蛋，都是些混蛋！你知道他们对我，对我做了些什么吗？我在抚养第二个儿子罗曼尔德时，有一天不得不带他到医院去，因为小家伙从浴缸里出来时滑倒，头上碰了个大包。想不到警察到急诊室来找我，审问我是否虐待了他！真的！他们把我拖到警察局，关起来！把我关了四十八小时。我，做母亲的，被看作是个罪犯而我只是带我的孩子去医院！这些蠢猪！他们强加给你同样的遭遇？”

加布丽埃尔明白了波莱特完全没有怀疑她，而是站在她这一边。作为前受害者，波莱特对她表示同情。出于跟自己遭遇的类比，波莱特认为所有被警察审问过的女人都是无辜的。

“是的，我也遭受了，就在当天晚上。”

“这些畜生！多长时间？”

“好几个小时！”

“这些獐头鼠目之辈！我可怜的小亲亲，这让你感到屈辱，对吧？”

波莱特对加布丽埃尔，同时也是给她自己，奉上一片柔情关爱，再次将她的朋友揽在怀里。

加布丽埃尔松了口气，任由她骂骂咧咧了好一会儿，随后回到家里对付加布的藏物处。

中午，她手提工具走上台阶，开始捣毁保护层。挡板落下，露出一个洞，里面叠放了四个盒子。她拉过一张矮桌，将盒子放在上面。是装饼干的铁盒子。她不知道里面装了什么。尽管上面的标签被时间和潮湿侵袭，但还能看得出是“柯梅尔西的玛德莱娜”“剑桥蠢事”“里昂坐垫”或其他牌子的糕点。

她正要打开其中一个盒盖，门铃打断了她。她赶紧放下手中的活，关上门，将钥匙留在锁孔里，然后下楼去开门，决心快速打发那不合时宜的拜访者。

“警察，女士！我们可以进来吗？”

“您是加布丽埃尔·德萨拉，加布·德萨拉的遗孀？”

“是的。”

“请跟我们走。”

"为什么？"

"您被请去警察局"。

"如果是为了询问有关我丈夫意外事故的情况，你们萨瓦省的同行已经问过了。"

"不是同一回事，女士。您被怀疑谋杀了您丈夫。一个牧羊人看到您把他推下山崖。"

在被羁押了十个小时后，加布丽埃尔犹豫着到底该更痛恨警长还是她的律师。也许她应该原谅警长……他为难她，只是在完成自己的工作，他并未表现得有纰漏，也没有过分投入，他坦率地试图让她认罪。相反，她的律师让她很讨厌，因为他刨根问底！她所购买的，是他的法律知识，是他在法庭的反击，是他的辩护能力，她才不在乎他是否知道真相。

一等到他们单独相处，普利西耶律师，一个四十来岁相貌堂堂的男人，便凑近她并用严肃的神情和低沉的如给美国西部片牛仔主角配音的那种声音问道：

"现在，您可以对我，只对我一个人，说出真相，德萨拉太太。您说的一切不会从这里扩散。您有没有推过您丈夫？"

"我为什么要这么做？"

"不要用反问句来回答我。您推他了吗？"

"这就是我的回答'我为什么要这么做？'人们指控我

一桩毫无意义的行为。我爱我丈夫，我们共同幸福生活了三十年。我们有三个孩子，他们可以作证。”

“我们可以以激情犯罪来辩护。”

“激情犯罪？在五十八岁，三十年的婚姻之后？”

“为什么不呢？”

“到了五十八岁，先生，如果人们还相爱，那说明是真爱，以一种明智、和谐、冷静、克制、没有危机的方式相爱。”

“德萨拉太太，您不用告诉我我该怎么想，而是要告诉我您是怎么想的。您也可能出于嫉妒。”

“可笑！”

“他背叛您？”

“不许给他泼污水。”

“谁继承您丈夫的遗产？”

“没人继承，他不拥有什么，所有的财产都是我的。而且，我们结婚时采用的是婚前财产分开制。”

“可他明明有一个声望卓著的姓氏……”

“是的，加布丽埃尔·德萨拉，这总是能引人关注。人家总以为我嫁了个有钱人，实际上我仅仅获得了一个贵族姓氏。我丈夫一文不名，也从未真正懂得如何挣钱。我们的财产来源于我，确切地说，来自我父亲保罗·沙普利耶，一位乐队指挥。我丈夫的去世并不能改善我的经济状况，什么也不会改变，反而增加了麻烦，因为是他用小卡车运送我们店里售卖的古董。如果我要继续经营下去，还得再雇一个人。”

“您没有回答我的问题。”

“我一直在回答您，先生。”

“律师先生……别开玩笑了。我从我丈夫的死亡中得不到一点好处。他倒也许会从我的死亡中得到更多一点。”

“这样的情况下，是不是他想把您推下去？”

“您疯了吗？”

“好好想想，我们可以采用这个假设，是你们之间相互厮打。在这条山路上，他决定干掉您以便侵吞您的财产。您把他推下去，属于正当防卫。”

“财产分开制！我死了，他什么也得不到，不会比我从他的死亡中得到更多。为什么您要杜撰如此场景？”

“有个人看见您了，太太！看守羊群的牧羊人说您冲向您丈夫，把他推下深渊。”

“他在撒谎！”

“他撒谎有什么好处？”

“这倒是有趣，这……当我说我杀了我深爱的丈夫没有任何好处时，您不相信。而您相信牧羊人的话，理由是他撒谎没有任何好处！两种分量，两套标准！您受雇于谁？牧羊人还是我？这真让人目瞪口呆！我，我可以给出一百个理由，说明您的牧羊人在撒谎：为了吸引别人的注意，为了成为他所在村镇的英雄，为了通过我报复某一个或某几个女人，为了给别人制造麻烦而取乐！还有，他在多远的地方？五百米？八百米？两公里？”

“德萨拉太太，别代替我发表即兴辩护。我们面对的是一个有力的证人，他看见了！”

“但我，我没有看见他。”

普利西耶律师打住话头，盯着加布丽埃尔看了一会儿，坐到她身边，手扶额头，意味深长道：

“我应该把这视为您的招供吗？”

“什么？”

“您在推下您丈夫之前，朝四周看过，没有看见任何人。这就是您正在向我承认的？”

“先生，我正在向您指出，我丈夫掉下去后，我四处张望，大声呼叫，我要寻求援助。您那著名的牧羊人可没露面，也没回应我。这不是很蹊跷吗？如果他去通知导游，或他来到我丈夫身边，也许……他指控我，是为了保护他自己？”

“保护什么？”

“对处于危急中的人见死不救。我说的是我丈夫，顺带还有我自己。”

“翻转局面，这主意倒是不错。然而对于这样的论据，我仍然持保留态度，从您嘴里说出来还是有些可疑。”

“哦，是吗？人家指控我是个魔鬼，我却不能显得少许狡黠，这倒是好！”

她装得很是气愤，尽管心里有些得意终于知道如何对付她的律师。

“我要把这个牧羊人告上法庭，我！”

“目前是您在接受审查，太太。”

“我不得不往山下跑了好几个小时才遇到一队徒步者并向他们求救。您的牧羊人，既然他看到我丈夫摔下去，他为什么没有前去施救？他为什么不去通知任何人？要是救援及时的话，说不定我丈夫还能被救回来……”

随后，为了更好地敦促她的律师干活，她决定再抛洒些眼泪。她抽泣了十来分钟。

在她的一番哽噎哭泣后，普利西耶律师被感动了，开始照单全收她的话。他的转向让她更加蔑视他：被眼泪愚弄，多么蠢的蠢人！说到底，面对一个意志坚定的女人，这世上没有一个男人比另一个更聪明。

警长回来，开始审问。他的问题集中在相同的视角，加布丽埃尔用回答律师相同的方式作答，但没有那么尖刻。

警长比律师更有经验。在排除了获利动机后，他回到了加布丽埃尔与加布的夫妻关系上。

“请坦率告诉我，德萨拉太太，您丈夫有没有要离开您？他有一个或多个情妇吗？你们的关系是不是如从前一样令人满意？对他，您没有什么要指责的吗？”

加布丽埃尔明白她的命运取决于这一块阴影部分，决定采用一个她一直坚持的伎俩。

“我要向您说出真相，警长先生：加布和我，我们是世界上最幸运的夫妇。他从未背叛过我，我也从未背叛过他。您试试去找一个持相反说法的人，不可能找到。我不仅比世上任何人更爱我的丈夫，而且我也无法从他的死亡中走出来。”

此刻，如果加布丽埃尔知道她的这套防御几个月后将会把她带入怎样的处境，也许她就不会那么自鸣得意了。

两年半。

加布丽埃尔被候审羁押了两年半，等待庭审。

她的孩子们多次尝试保释她，力证她的无辜，但法律出于两个原因拒绝该请求，一个主因，另一个无关紧要：第一个是牧羊人的有罪作证，第二个是媒体放大检察官的宽容所引发的争议。

尽管在监狱度日艰难，加布丽埃尔却并不消沉。在等待了从丈夫那里挣脱之后，现在她等待从这场指控中挣脱。她一向很有耐心——这是从事古董生意必不可少的品质——拒绝被这个横生的枝节动摇决心。在囚室，她经常想到被她留在矮桌上的那四个盒子，那里装着加布的秘密……多么讽刺！她正要打开这些盒子，手都在盖子上的时候，人家逮捕了她。一旦法庭还她清白、释放她后，她就要去挖掘那些饼干盒子里的秘密，那将是对她的奖赏。

据普利西耶律师说，预审的结局在朝着乐观方向发展：调查结果对她有利，除了牧羊人，所有证人都证明她无罪，都坐在辩护方的长凳上。而且，从警长到预审法官，在接二连三的审讯中，加布丽埃尔的表现越来越让人信服。

加布丽埃尔很清楚该如何完美撒谎：只需说出实情。她是从她父亲保罗·沙普利耶那里学来的，她很小的时候就跟随父亲到处出差。当那位才华横溢的指挥家不指挥乐团时，他会去参加一些音乐会，他的名声让他在音乐会结束后不得不到后台去祝贺那些乐手。他小心避免挫伤与他合作过或可能合作的同事，选择只说他喜欢的地方，绕过负面评价。他只跟别人交流正面内容，如果只存在可怜的一丁点值得赞许之处，他会紧紧抓住，放大、发挥。他从不撒谎，只会故意遗忘。在同他的对话中，演奏家们感觉他是真诚的，他们可以自由解读他的话语：自负者以为他被深深折服，清醒者看到了他的谦恭。保罗·沙普利耶常对女儿说："我记忆力不够好，不可能做个撒谎高手。"通过只吐露实情，避开令人恼火的部分，他成功做到不自相矛盾，并交到了许多朋友，尽管身处一个同类相食的行业。

在这两年半中，加布丽埃尔采用了他的这种方式。说到加布时，她只回忆他们深深相爱时光彩迷人的那段时间。他叫加布里埃尔，她叫加布丽埃尔，他们在一起成为加布和加比。生活的巧合和身份证件的巧合，使得他们在婚后拥有了发音相同的姓名：加布里埃尔（加布丽埃尔）·德萨拉。她认为这种共同的身份名字展现了他们夫妻间的一种力量，预示着他们的结合坚不可摧。对这些拿着工资来听她说话的公务员，加布丽埃尔讲述了她对那个她以为腼腆实则出于良好教养的年轻人的一见钟情；讲述他们长时间的谈情说爱，他们的浮生逍遥游；讲述他的求婚使得她受年轻人仰慕的艺术家父亲很是为难；讲述他们的婚礼，玛德莱娜大教堂回响着整支乐队的演奏。不等别人要求，她主动提及那具线条分明的优雅躯体对她有着永久不变的吸引力，过了五十岁，他依然未被油腻肥胖侵蚀，仿佛瘦削是他与生俱来的贵族气质。她历数他们之间数不尽的幸福，他们的孩子，孩子们的婚姻，孙辈的出生。并且，尽管时间流逝，他仍保持着完美的身材，感情无懈可击，对她的眼神一如既往——急迫、尊敬与渴望。她时不时意识到她引起了听众们的不适，她令人羡慕不已。一天，预审法官直接叹气道：

“女士，您对我讲述的事情实在太过美好，美好到不像是真的。”

她同情地看着他，喃喃道：

“承认这是对您来说太过美好了吧，先生。”

法官有些窘迫，不再坚持。尤其是这对夫妻的亲戚、子女、女婿、儿媳、朋友、邻居异口同声确认这份田园牧歌式的爱情。为了结束这份预审卷宗，被告人经历过两次测谎仪测试，都顺利通过。

羁押让加布丽埃尔陷入孤寂，她只有依靠回忆来摆脱。结果，加布反而在她的囚徒生涯中占据了不可思议的重要位置：要么她讲述他，要么她想起他。不管她是独处还是有旁人在，他就在那里，唯有关切、体贴、忠诚的他。

问题是：强迫自己只说实话，到最后她自己也信了那些话。在隐藏了她与加布最后三年的生活，仅讲述他们二十七年的幸福快乐之后，加布丽埃尔越来越搞不懂到底发生了什么，是什么东西改变了她。她只记得那个“咯噔”，是那句话警醒了她……最好还是别去想了，想了又有什么用！那个因为“咯噔”就能将丈夫杀死的加比，那个女杀人犯，在无罪宣判之前不应该存在。加布丽埃尔已经把她淹死在遗忘之井，并与促使她杀死加比的动机和理由一刀两断，把她的这些思绪封存。

强迫自己不断谈论往事，她重新做回那个坠入情网被深爱着的加布丽埃尔，不可能出手伤害那个男人。这就如同一名演员，被迫不断接近她的角色，最终在电影拍摄现场，带着幻觉中的真实，完全融入角色。加布丽埃尔成功变身为一场可恶指控的难以抚慰的受害者，非常成功。

庭审的第一天，形势一边倒地对她有利。第二天，记者们已经在谈论这是毫无根据的有罪指控。第三天，有陌生人在挤满人的大厅的最后一排，为无辜者的被愚弄而洒下热泪。第四天，她的孩子们在电视节目上站成一排，表达他们的激动和愤怒。

加布丽埃尔全神贯注地经历审讯和证人作证环节，她要保证从自己或从别人那里，不出现任何可以损害她所构建的故事的东西，甚至会让人错觉这是个严谨的作曲家在排练自己的作品，乐谱摊在膝头。

不出所料，牧羊人在作证过程中表现得一塌糊涂。他不但法语说得语无伦次——在这个国家，句法或词语的错误不仅宣告一个人缺少教育，而且表现出一种对于全社会的攻击性，几乎等同于亵渎了全民崇拜的语言，并且一直在抱怨自己不得不垫钱买火车票来“来贡比涅”，为这一点嘟囔了差不多一刻钟。接受普利西耶律师询问时，他笨拙地承认是通过“她在报纸上的照片”认出加布丽埃尔·德萨拉，而且只会提出一些令人讨厌的解释，解释他为何软弱地未对死者施以援手，“那样子摔下去，肯定摔成肉饼了，根本用不着去核实，我才不是傻瓜”。

除了牧羊人，所有人都力证加布丽埃尔的无辜。在倒数第二天，她略微松弛下来，所以当家庭医生来作证时，她没料到自己会情绪失控。

帕斯卡尔·拉康，德萨拉夫妇忠实的朋友，讲述了好几个有关加布和加比的小趣事，其中有一个是这样的：

"很少见到这么相爱的夫妇。当他们中的一位着手做什么事时，不是为了自己，而是为了另一位。所以，加比为了继续取悦她丈夫而进行体育锻炼，向我寻求营养学方面的建议。至于加布，尽管又瘦又干，却饱受高血压的折磨，他充满忧虑。但他担心的不是被有效药物控制得很好的疾病本身，而是担心治疗的副作用。你们知道 β 受体阻滞剂[1]会降低力比多，影响性欲。他经常对我讲起这个问题，因为他担心妻子会认为他对她不那么渴望了。这不严谨，他只是欲求少了点。我从未见过这么替伴侣考虑的人，类似情况下，大部分男人只会想到他们自己，他们的身体。当他们发现欲求下降，正中下怀，这降低了他们外遇的概率，他们很高兴因为医学上的原因而变得忠贞，不用再费劲克制自己。而加布却只想到加比的感受。"

当加布丽埃尔听到这个她不曾了解的细节时，再也无法控制自己的眼泪。她答应保持平静，可深受刺激的她根本无法平静。普利西耶律师不得不要求庭审暂停，法庭准

1　β 受体阻滞剂：又称 β 受体阻断药，是一类用来治疗心律不齐、防止心脏病发作后的二次心脏病发作和在某些情况下用来治疗高血压的药物。

许了。

陪审团成员觉得能够理解加布丽埃尔为何如此激动。她并未向普利西耶律师承认什么，但等她能够开口说话时，她向他提出一个请求：

“我尽力了，可我快撑不下去了……我求您，能否让我大女儿帮我做件事？”

“当然。”

“让她今天晚上把她父亲屋子里一张矮桌上的四只饼干盒子，带到监狱来给我，她知道我说的是什么。”

“她不一定有权在接待室交给您这些。”

“哦，求您了，我快坚持不住了。”

“别，别，只剩二十四小时了，明天就是最后一天，是陈述辩护词的日子。我们今天晚上一起敲定。”

“我不知道明天法庭的判决是什么，您也不知道，尽管您很相信自己的才华。答应吧，律师先生，求您了，我再也忍受不了，我会做蠢事的。”

“这些饼干盒子里有什么？”

“求您了，我什么都承受不了了，我甚至无法回答问题。”

他明白她在威胁他，认真地押上性命威胁他。鉴于她的精神状态，他怀疑她能否坚持到这场看上去胜券在握的庭审结束（这将是他职业生涯的里程碑），他担心功亏一篑，于是答应他会亲自把她要求的盒子送来。算了，他冒这个风险！

大大出乎他意料的是，平常很少对他流露感情的加布丽埃尔，扳住他的双肩拥抱了他。

庭审继续，但加布丽埃尔已经什么都听不进去，她一心想着医生的证词，想着那几只盒子里的秘密，想着那个“咯噔”，想着她一直隐藏了两年半的种种事情。

回到送她去监狱的带篷小卡车上，她伸直双腿，陷入沉思。

因为不得不在不知情的情况下听别人讲起她和他，她脑子一片混乱。

她为什么要杀了他？

因为“咯噔”……她会不会搞错了呢？

回到监狱，她请求允许她破例洗个淋浴。由于她的良好表现以及媒体对她表现出的同情态度，她得到了准许。

她置身于几乎滚烫的水流下，清洗自己！清洗这几天来她所叙述或她所听到的蠢事。重新思考到底发生了什么，思考这个“咯噔”……

“咯噔”来自波莱特……那个身材高大、动作笨拙、有些男性气质的女人和她丈夫刚搬到桑利斯时，常来加布丽埃尔店里淘家具布置她的新家。尽管从一开始加布丽埃尔就认为波莱特很粗鲁，从她身上比巴西鹦鹉还丰富的颜色和她使用的词汇就可感知。但这个顾客还是让她很开心，她欣赏波莱特的无知无畏，欣赏她对闲言碎语的不屑一顾，欣赏她令人震惊、失礼却又一针见血的机敏应答。好几次她帮着加布丽埃尔对付店员或者对付那些令人恼火的顾客。她对波莱特产生一种特殊的信任：这个新来的女人有一种天赋，能一眼看穿那些损招，具有极高的警觉性和洞察力。起先，波莱特促使她注意到假冒乳白玻璃制品的走私现象；后来又关注到一伙专门偷拆古老壁炉的盗贼；最后，只要她看上一眼，就能看穿村里人的恶行和秘密。她能看见加布丽埃尔要么一无所知要么花很多年才有所察觉的黑暗和堕落。加布丽埃尔对波莱特的这种第六感深深着迷，喜欢跟她一起坐在待售的扶手椅里，度过许多时光。

有一天她们正在聊天，坐在一旁的波莱特，如飞鸟般犀利的眼神盯着一个来人的身影。她所扫描的对象正是还未见过面的加布。加布丽埃尔饶有兴味地想知道波莱特针对他会说些什么，便故意不告诉波莱特这是她心爱的丈夫。

谈话还在继续，加布丽埃尔注意到波莱特没有漏掉哪怕一丝一毫加布的走动、姿态和反应。

“你怎么看？”加布丽埃尔朝加布的方向挤挤眼睛，突然问道。

“这一位？哦啦啦，这是最标准的伪君子。太有礼貌到不可能诚实。伪君子中的伪君子，还要加上店里的特殊评价和恭维的评语。”

加布丽埃尔张皇失措，嘴巴张大了老半天，直到加布走过来拥抱她，并向波莱特问好。

后者认识到自己的错误，马上改变态度，并在第二天向加布丽埃尔请求原谅。但为时已晚：蛀虫已经钻进了果实。

从那一刻起，一天又一天，加比看加布的目光变了。如果波莱特这么认为，那肯定是有原因的——她从来不会出错！加比观察着加布，仿佛他变成了陌生人，她努力忘记她所知道的他的一切，或者说她以为知道的一切。更糟的是，她试图去验证波莱特的判断。

让她极度意外的是，这并不困难。

加布·德萨拉，礼貌、殷勤、农场绅士风格的休闲打扮，乐于助人，对宗教事务勤勤勉勉，在语言或观点上从不越矩，这既让人着迷，也让人恼火。他的情感、谈吐、行为甚至外表，一向十分传统，他会吸引一些人，出于同样的原因被另一些人疏远，当然后者是少数。他看上去是那么完美、称心。

波莱特可怕的天赋怀疑到他，他突然成了加布丽埃尔的一道难题，就如她古董商生涯中碰到的两三件家具：真品还是赝品？人们要么看到他是一位关心家人的真诚好男人，要么看到他的欺骗伪装。

经过几个星期，加布丽埃尔认定自己是和一个骗子生活在一起。盘点加布的一个个优点，她将牌翻过来，却发现原来是假牌。他的沉静？那是伪善者的外壳；他的殷勤雅致？那是排遣多余力比多的一种方式，也是为了吸引未来的猎物；他对加布丽埃尔喜怒无常的脾气表现出的宽容？那是一种深不可测的冷漠；他们基于爱情的婚姻，贵族与平民的大胆结合？那不过是金钱交易；他的天主教信仰？另一件粗呢外套而已，是体面尊严的外衣；他的价值观？不过是掩饰冲动的言辞。突然，她怀疑他对商店的帮忙——不管是进货还是送货——只不过是寻找自由时间的借口，以掩饰他的秘密出行。假如他借此机会去见他的情妇呢？

为什么在二十七年的爱情和信任后，加布丽埃尔任凭疑心病侵蚀自己？波莱特所注入的毒药不足以解释全部，很显然，加布丽埃尔有着自己的伤痛。年纪到了，她必须面对身材的走形，与臃肿抗争；皱纹越来越深，疲倦日益加重，不久前还美丽的小腿现在青筋突暴。她如此轻易就怀疑加布，那是因为她怀疑自己，怀疑自己的吸引力。她对加布恼火，因为他比她老得慢，因为他一如既往有吸引力，因为比起年轻男人之于她，年轻女孩会更自然地朝他微笑。在公司、在集市广场、在沙滩或大街上，他依然引人注目，而加布丽埃尔则变得透明。

在波莱特的“咯噔”过去四个月后，加布丽埃尔再也忍受不了加布，更不能忍受她自己。每天早晨，镜子呈现给她的是她讨厌的一张脸，一个宽脸盘粗脖子的女人：酒糟鼻子、嘴唇干裂、手臂松弛、肚脐下一圈可怕的赘肉。即使她忍饥挨饿，也无济于事。她的减肥食谱无助她的愉悦，她无法相信加布会喜欢这副尊容！有谁会喜欢这副模样？没有人！

结果，加布对她所有的温情——微笑、关切、殷勤、温柔——在以后的日子都是对她的伤害。多么虚伪！波莱特一矢中的，他真是伪善者中的伪善者，伪善的典型！他终于让她感觉恶心，一个人怎么能够做到如此的虚情假意？

他唯一不伪装的时刻，就是喊她“我的老太婆”的时候，尽管口吻亲切。倒想知道为什么他会忽略这样的时候！加布丽埃尔恨这样的时候，每次他这么叫她，她的背脊都要颤抖一下，仿佛正被人用鞭子抽打。

她想过离婚，然而当她想象要在律师或子女面前力证分手的理由，她意识到她缺乏让人接受的证据，他们肯定会反对：加布是那么令人赞叹，你怎么能说出这样的蠢话？她大女儿说不定会把她送到精神科医生那里——她把她的孩子们送去过那里。必须另外想办法。

她决定搜集针对加布的证据。“男人们总是对波莱特的推断大声喊冤，必须把他们逼到墙角才能窥见本质。”接下来，加布丽埃尔经常改变主意，说好要去某家餐馆，结果又不去了；更改他们的度假日期和出行目的地至少十五次。她的任性不断加码，希望逼出她的猎物让他怒不可遏。但她没能得逞，每次他都会对她的得寸进尺让步。最后，在她忍无可忍的那天晚上，她不由得叹口气，眼神闪过一丝疲倦。“他的裤裆里到底藏着什么？”波莱特肯定会这么说，这也是她想问的。一段时间来，他们在床上只是交换几个亲热动作，再也没有大事发生。当然，她也比从前少了些欲望，觉得他们已经交媾得足够多，几十年之后延续这一套，好比是在同一个地方度假，厌倦了。她对此已经适应，但仍会思索并自问，这种相安无事对他是否有另一层含义？他会不会借开小卡车外出之际背叛她？于是只要他出门运输，她就坚持陪同。他表现得十分欣喜，并且在他们最近几周几百公里的旅途中显得劲头十足。有两次他还建议停车做爱，一次是在汽车后座，一次是在草地上。尽管她接受了，但表现得十分糟糕。这就是证据！证明他惯于在旅途中满足自己的“性”趣。

她停止参与远行，情绪越来越低沉，越来越沉默寡言，除了跟波莱特。后者关于负心汉永远有说不完的话。

“现在，这些混蛋们被老婆拴住了，因为她们会查看他们手机上拨出去或接听到的电话。我等着看私家侦探竞相出现在大街小巷追踪出轨者，手机将大大提高他们有关通奸这块的业务量。”

“那要是男人没有手机呢？”加布丽埃尔问道，心里想着加布拒绝接受她送他的手机。

“没有手机的男人，要小心了，绝对小心！这样的男人是高手中的高手，混账中的混账，通奸惯犯。这种人，按着古老的方式行事，使用电话亭，不留下任何痕迹。他知道通奸这事并不是为手机创造的，所以他继续采用多少年来精心使用的靠得住的听筒电话。这样的男人可是拈花惹草中的詹姆斯·邦德：你追捕他，可就是抓不住他。鼓起勇气吧！”

自此，加布丽埃尔对于四楼的那间密室有了一种执念，加布的秘密就藏在那里，他堕落行为的证据也在那里。好几次，她带着工具潜入那里，想要撬开墙壁，但每次都因羞愧而没有动手。好几次，她试着用花言巧语打动加布，让他打开那堵墙。但他每次总能找到新的借口来推脱：“里面没什么东西啦”，“你会嘲笑我的”，“现在告诉你为时太早”，“我没有权利为自己保留一点小秘密吗”，“这和你有关，但我不想让你知道”。这些一个接一个相互矛盾的拒绝理由让加布丽埃尔越来越恼火，直到有一天他说出这样一句话“等我死后你就会知道里面是什么，用不着等太久”。这让她忍无可忍。

这句话彻底激怒了她！什么，她还要再等上十年、二十年、三十年才能一睹他一生都在欺骗她的证据？她与一个阴险投机分子共度了一生的证据！他这是在挑衅还是什么意思？

"你最近有点沉默寡言，亲爱的加布丽埃尔。"有次她们一起喝茶时，波莱特问道。

"我从不啰唆不顺心的事，我就是被这么教养大的。父亲一直对我灌输我们只应该表达积极向上的想法，其他的，我们保留给自己。"

"胡说！你必须释放自己，亲爱的，否则你会得癌症。保持沉默的女人会得癌症，我，我不会，因为我会大叫大嚷，我整天都在发牢骚。让人讨厌就讨厌吧——我更愿意是别人闹心而不是我自己。"

那个计划就是这样成型的——挣脱怀疑，干掉加布——计划后来在阿尔卑斯山被执行。

加布丽埃尔被带回囚室时，头发湿漉漉的，她一头倒在床上继续思索。这些就是在她脑子里发生的他们夫妇最后三年的事情，她向所有人隐瞒的事情，她的生活是如何失去滋味和意义，变成一场无尽的噩梦。杀了加布，至少是一种行动，可以终结这份难以忍受的担忧。她没有后悔自己的行动，但今天下午医生的证词强烈震撼了她，她知道了为何加布显得不那么有"性"趣以及他所忍受的痛苦。

这个发现动摇了她深信之事的基石。

为什么她到现在才发现？从前她认为他躲避她是为了保存精力用到他的情妇们那里。这个不负责任的拉康医生为什么不早点告诉她？

“加布丽埃尔·德萨拉请到接待室，你的律师在等你。”

来的真是时候。

普利西耶律师把四只铁盒子放到桌子上。

“都在这儿了！现在，给我解释一下吧。”

加布丽埃尔没有回答，她坐下，迫不及待地打开盒盖。她的手指在盒子里拨动，纸片窸窣作响，她抽出几张仔细看，接着再抽出几张，再几张……

几分钟后加布丽埃尔跌倒在地，蜷作一团喘不过气来。普利西耶律师赶紧叫来看守，他们帮着他扶起女囚犯，帮助她呼吸，用担架把她抬到医务室，给她注射了一剂镇静剂。

一个小时后，她终于缓过气，问律师在哪儿。别人告诉她律师带着那几只盒子离开了，去准备明天的庭审。

在央求他们给她一颗安眠药后，加布丽埃尔沉沉睡去。还是别去想那些铁盒子里的东西吧。

第二天，是进行庭审辩护的日子。加布丽埃尔就跟她模糊的记忆一般，脸色苍白、惶恐不安、眼眶湿润、表情迷茫、嘴唇失血。如果她想让法官心软，没有比这更好的模样。

公诉人发表了一篇更多是走过场的并不严厉的指控词，没什么杀伤力。接着普利西耶律师抖了抖衣袖站起身，仿佛一名独唱演员即将开始他的华彩乐章。

“发生了什么？一名男子在山里死了。现在让我们远离一下事件本身，来看看把我们汇聚于法庭的两个完全相反的版本：是意外，他妻子这么说；是谋杀，一个陌生的牧羊人如此声称。让我们再远离一点，离得很远，差不多跟牧羊人一样远，后退了这么多是否还能看清楚什么？再来看看谋杀动机，没有动机！通常，我履行律师的职责并不是件容易的事，因为我要为一个一切都在指控他的人辩护。但在加布丽埃尔·德萨拉这个案子中，没什么东西可以指控她，真的没有！没有动机，没有理由，不存在金钱矛盾，也无夫妇间的冲突，没有背叛。没什么东西能指控她，除了一个男人。总之，是一个与牲畜生活在一起的人，一个不会读写的小伙子，教育系统的反叛者，无法融入社会或者说社会的隔绝者。总之，这个牧羊人作为雇员，我很容易质疑他。他被好几个老板解雇过，是个不能让任何人满意的劳动者，是个没有老婆也没有孩子的男人。总之，这个牧羊人看见了她，他在多远的地方？不是两百米也不是三百米，这么远的距离已足够影响任何人的视线，而根据现场复原，他处在一公里半之外。好好想想吧，女士们、先生们，一公里半之外，我们能看见什么呢？我，什么也看不见；而他，看见了一桩凶杀案。很难以置信，不是吗？而且，他在看见了谋杀后，并没有及时赶去受害者那里，也没有寻求援助或报告警察。为什么？他自己的说法是他不能抛下羊群。就是这样一个人，他见证了附近的一场谋杀，却继续想着动物（最后变成羊肉串）的生命，这对他更重要……我不能理解这个男人，女士们先生们。即使他指控一位令人尊敬的女士、一位正直的妻子、完美的母亲，指控她最最不愿看到的事，也即她一生挚爱的昵称加布的加布里埃尔的死亡，这并不要紧。”

他猛然转过身，对着陪审法官的席位道：

“那么，法官先生，陪审团的女士们先生们，你们可以反驳我说，事情绝不会这么简单！尽管所有人都证明了他们之间如此炽热外露的爱情，但脑袋里面又会想些什么？这个女人，加布丽埃尔·德萨拉，也许她脑袋里塞满了猜忌、嫉妒和怀疑，有谁能证明在配偶问题上，她没有出现偏执妄想呢？你们在这里听到的所有证词，没有丝毫支持这种假设，除此之外，我还要加上我自己的证词。你们知道这个女人昨天晚上做了什么吗？你们知道她被羁押的这两年半唯一要求我帮忙的是什么吗？她恳求我将四只饼干盒子带给她，她在里面存放了他们三十年来的信件以及他们的爱情纪念物。里面什么都有，从戏票、音乐会票子，到订婚宴、婚礼，以及生日晚宴的菜单，还有早上留在餐桌上的三言两语。从最高雅的到最琐碎的，应有尽有！整整三十年啊，直到最后一天，到他们出发去这次悲剧性的度假的那一天。女看守可以向你们证实她哭了好几个小时，想念她失去的亲人。我最后要问你们这个问题：一个杀人犯会这么做吗？”

加布丽埃尔瘫坐在椅子里，她的孩子们以及旁听席上心软的听众，都潸然泪下。

法官和陪审团退席商议审判结果。

走廊里，加布丽埃尔坐在普利西耶律师旁边的一条长凳上，想着她昨晚浏览过的信件。信上显示在他们很年轻时，他就叫她“我的老太婆”，她怎么可以忘记这些，把这个词语视作一种残忍的嘲笑？二十五年前他所描述的她，诸如“我的暴力女人、野性姑娘”“我的神秘女孩、不可预测者”——这不，他如此认为的那个女人杀了他。“暴力和不可预测”，他说得多么正确啊，可怜的人。由此也证明他真的是爱她原本的样子，包括她强势的性格，各种发火和坏脾气，她的情绪低沉，她的没完没了的思索。他是那么温和平静的人，她的这些暴风骤雨，反而让他觉得有趣。

所以，她丈夫的秘密，就是她自己。

她就这样用想象毁了他们的爱情。很可惜，她并不是在想象中将他推下深渊的。

为什么她要如此信任波莱特？她怎么可以堕落到与这个巫婆似的、用下贱偏狭的方式看待世界的女人同流合污？不，把罪过推到波莱特身上，太轻松了。罪人是她加布丽埃尔，唯有她。她对加布失去信心最有力的论据是：一个男人不可能做到爱同一个女人超过三十年。现在她终于明白这个论据背后藏着的真正论据应该是：我不可能做到爱同一个男人超过三十年。加布丽埃尔·德萨拉，罪人！唯一的罪人！

铃响，乱哄哄的人群，骚动。庭审继续，人们仿佛幕间休息后重新进场。

“对于‘陪审团是否认为被告有意剥夺了她丈夫的生命’这一问题，陪审团成员一致回答，否。”

大厅响起一阵赞同的窃窃私语。

“因此，对加布丽埃尔·德萨拉的任何指控都不成立。您自由了，女士。”法官宣布道。

加布丽埃尔昏昏沉沉经历着后面发生的事。人们拥抱她、祝贺她，她的孩子们流下欣慰的泪水，普利西耶律师自我炫耀了一番。作为感谢，她向他表示说，听他的辩护词，她深切体会到他所说的：一个如此幸运、婚姻如此幸福的女人，不可能做出如此行为，这无法想象。而在她内心深处，她还加了一句：那是另一个女人，另一个与她没有任何关系的陌生女人干的。

对于别人询问她以后的日子打算如何度过，她什么也没有回答。她知道她要为那个如此卓越的男人服丧。他们是否知道两年半前，一个疯女人从她手里夺走了她丈夫？没有他，她还能继续活下去吗？她能经受这样沉重的打击吗？

在无罪宣判的一个月后，加布丽埃尔·德萨拉离开她桑利斯的大房子，再次前往阿尔卑斯山，在离她跟丈夫上次住过的美丽景观宾馆不远处的阳坡宾馆定了一间房间。

晚上，在与床头相连的狭窄白松木书桌上，她写下一封信。

亲爱的孩子们，

尽管这场诉讼以宣布我的无罪落下帷幕，认定我不可能谋杀一个像你们父亲加布这样优秀的男人，我唯一如此挚爱过的男人。他的消失更是让我无法忍受。请理解我的悲伤，原谅我的远行。我需要与他相聚。

第二天，她爬到鹰嘴口，从两年半前她将丈夫推下深渊的那条小路上，纵身跳了下去。

痊愈

LA GUÉRISON

“被一个漂亮女人照顾，多么幸运……”

他第一次嘟哝这句话时，她以为听错了，还有些自责，她怎么能把病人的抱怨听成恭维话呢？如果是她的潜意识又一次起作用，那她真该去看看心理医生。不能让那些心结影响到她的工作！它们影响了她的生活，已经够受的……

斯特凡妮很不解，接下来的几个小时，只要手头工作稍缓，便重新琢磨211号房间病人这句话到底什么意思。这句话的开头部分应该是正确的——被照顾是多么幸运——后半句让她摸不着头脑，漂亮女人？从未有人夸过斯特凡妮漂亮。怎么回事？她心想。

离开硝石场医院时，年轻护士还是没有找到答案。天空铅灰到几乎黑暗，雨就要落下来。她心事重重地在陡峭的高楼间穿行，高楼脚下的街上种着孱弱刺槐，几无行人。她住在巴黎南部中国城的一间单间公寓，那个街区的建筑有着铜绿色外墙和红色店招。在亚洲人经常出入的这些街道，在那些身材瘦小、蚂蚁般灵巧忙碌的女人边上，她觉得自己简直是个庞然大物。不仅个头（其实正常）让她像个巨人，滚圆的腰身在那些纤细的身影旁更显得夸张。

晚上，她无法集中注意力看电视，遂扔下遥控器，越想他的话语越狐疑。

"被一个漂亮女人照顾，多么幸运！"可怜的斯特凡妮，你想从一句话里找出另一句话，因为这能让你抓住你喜欢的那部分，没有被表达出来的那部分。所以，实际上你并不是想弄清楚什么，你只是在反复回味，自我安慰，自作多情。

想到这里，她开始洗一大堆衣服——这能让她感觉放松——并开始熨烫积攒的衣服。收音机里一档节目在播放她儿时就听到过的一些歌曲，她调高音量，握着电熨斗，跟着哼唱她还记得的副歌。

到午夜十二点，在烫完了几大摞衣服且唱了太多的歌曲后，她现在头晕脑涨，眼皮打架，于是安详入睡，认为自己已经忘了一切。

然而第二天，当走近221号房间时，她开始颤抖。

这个男人的英俊让她心慌意乱。

经过一周重症监护，卡尔·博埃尔终于从一次撞击造成的昏迷中苏醒。一场车祸损伤了他的部分脊柱，医生很怀疑他能否康复，但一切都还不确定。目前，他们刺激他的神经，以确定损伤范围。

尽管他身盖床单，眼缠绷带，但她从他脸上或身上所见，足以令人心动。首先是他的双手，一双修长优雅、有着珍珠般圆润指甲的男人的手，这双手生来就是为了捧起珍贵之物，或为了轻抚秀发……还有他的颜色：古铜色的皮肤，褐色汗毛覆盖的结实肌肉，散发着黑色光泽的卷发。他的双唇也是，线条那么分明，深深吸引着她……尤其是他的鼻子，刀劈斧削般挺拔精致，摄人心魄，性感到斯特凡妮一盯着看，小腹下侧便会阵阵刺痒。

他很高大，即便躺着。人们不得不从地下室找来一张专门的床才容得下他的身体。尽管无法动弹，身上插着管子，他的身材依然让斯特凡妮印象深刻。他极具男性魅力。

“他是那么吸引我，让我脑袋晕乎。如果他很丑，昨天我也不至于曲解他的话。”

今天她要竖起耳朵听清他的话。在她准备输液，细数药片的时候，他醒了，感觉到有人在。

“你在吗？”

“你好，我是斯特凡妮。”

他的鼻翼微微歙动，斯特凡妮趁着他看不见，注视着他那似乎拥有自己生命的有趣鼻子。

“你昨天晚上来过，是吗？”

“是的。”

“我很高兴你在这里，斯特凡妮。”

他露出一丝微笑。

斯特凡妮说不出话，为一个受了重伤、深受折磨的人却这样周到礼貌而感动。这个病人跟其他人不一样。

“也许这就是他昨天对我说的，”她心想，“一些善意的、出人意料的话。对，应该就是这样。”

她平静下来，接过话头，活泼地谈论一些小事：他的后续治疗，他的日程安排，以及明天起他或许能被允许接受探视。经过十分钟左右的闲聊，斯特凡妮觉得可以在他面前恢复常态了。所以当他说道：

“被一个漂亮女人照顾，多么幸运……”时，她呆住了。

这次她肯定自己没有听错。不，她没有发疯。昨天和今天的话一模一样，就是对她说的。

斯特凡妮凑近卡尔观察他脸上的表情：他脸上绽放着心满意足的神情，证明他说的是实话；他嘴唇肿胀，甚至给人一种他在愉快看着她的感觉，尽管他双眼被蒙。

怎么办？她已无法继续交流。回应他的恭维？他还会继续说出什么话？这会将他们引向何方？被涌上心头的这些问题扰乱心神，她逃走了。

一到走廊，她忍不住流下了眼泪。

她的同事玛丽·泰雷莎，一名马提尼克[1]黑人，发现她蹲在地上，将她扶起，递给她一块手帕，然后带她到敷料室的僻静处。

“发生了什么事，我的小亲亲？”

这份不曾料到的温情更是增添了斯特凡妮的伤心，她趴在同事的肩头不停抽泣。要不是玛丽·泰雷莎身上散发的香草味让她回想起童年的幸福时光——在爷爷奶奶那里过的生日，或者在邻居爱玛家里吃酸奶的夜晚，要不是这些回忆安抚了她，她真会一直哭下去。

“怎么了，哪来这么伤心的事？”

“我也不知道。”

“是工作还是个人生活？”

“两者都有。”斯特凡妮吸着鼻子嘟哝道。她大声擤了把鼻涕以结束她的失态。

“谢谢，玛丽·泰雷莎，现在我感觉好多了。”

尽管这天剩下的时间她没有再哭，但心情一点也好不起来，她也不明白自己这突如其来的伤感。

斯特凡妮二十五岁，念书做了护士，自我认识却并不全面。为什么？因为她对自己缺少信心，这种缺失来自她

1　马提尼克（Martinique）位于中美洲加勒比海，是法国的一个海外大区，首府法兰西堡。下辖马提尼克省。1982年后成为法国的一个海外大区。

母亲，后者从未正儿八经瞧过她女儿。当那个把她带到这世界、被认为最应该爱她的人却不断贬低她，你让她如何看重自己？确实，莱亚从来不认为她女儿漂亮和聪明，也从不避讳这么说出来。每次说完后，还要加上一句“有什么办法，不能因为我是当妈的就可以睁眼说瞎话！”来自母亲的偏狭看法，支配了女儿对自己的看法。如果说在智力方面，斯特凡妮战胜了她母亲的贬低，通过了高中会考，并成功接受辅助医疗方面的培训，而没有文凭的莱亚只能继续卖服装。在形体方面，她照单全收了母亲的审美标准：漂亮女人应该是一个苗条女人，有着纤纤细腰和苹果般的乳房，就像莱亚那样。斯特凡妮不是个漂亮姑娘，甚至可能属于丑姑娘，她母亲经常这么说。她比莱亚重十二公斤，而她们的身高差只有七厘米。

结果，斯特凡妮总是推脱莱亚“打扮下自己”的要求，担心可笑之上再加可笑。她深信花边、绸缎、辫子、发髻、鬈发、珠宝、手镯、耳环、项链之类的东西，搭配在她身上就跟男扮女装一样别扭。她知道自己生理上是个女人，但并不觉得比一个男人更有女人味。白大褂、白裤子很适合她，当她把它们挂在医院更衣室的钩子上后，只是换上黑色或深蓝色的相似服装，矫形凉鞋换上白色球鞋。

211号房间到底发生了什么？是喜悦还是绝望？喜悦，因为被认为是漂亮的？绝望，因为那漂亮只是对一个瞎子而言？

事实上，她的激动更多是因为震惊（这是她钻入被子时才意识到的）：那句话将斯特凡妮送到了诱惑集市，那个大太阳底下女人取悦男人的广场，她一向以为自己是被排除在外的，是冷眼旁观的，她早已下定决心不挑起爱慕的眼光或表白。斯特凡妮是个规规矩矩的女孩，如果人们把从未经历过混乱看作是“规规矩矩”的话。她因自卑而古板朴素，什么都不敢尝试，躲避节庆、酒吧和夜总会。当然，她在看电影或读小说时，也会幻想有一场艳遇，但她很清楚那只是幻想，现实生活中不会发生。

“总之，不会发生在我身上。”

就像一个已经习惯退休生活的老女人，她认为自己会平静、不带期望地，心如止水地生活下去。现在却有人说起她的魅力，扰乱了她的平静。这完全出人意料，太突然、太凶猛了。

第二天早上，在去上班的路上她想好了，如果卡尔再这么说，她就要粗暴地打发他。

医院的例行工作填满了她的生活。一旦她走进军营般严格把守的硝石场医院大门，她就进入了另一个世界，一座城中城，属于她的城。在保护着医院的围墙内，什么都有：书报亭、咖啡馆，一座小教堂、一家药店、一间食堂；一些社会服务机构、行政办公室、报告大厅，另外还有针对不同疾病的众多大楼；花园里有供人休息的长凳，几片花圃，小鸟在草地上蹦蹦跳跳。跟别处一样，这里四季交替：冬天留下它的白雪，夏季留下酷暑，各种节日——圣诞树、圣-让之夜标记着时间的流逝。有人在这里出生，有人在这里痊愈，有人在这里死去，有时这里还收治一些著名人物。这里是大都市里的一个小宇宙，在这里，斯特凡妮不但存在，而且感觉自己很有用。一整天的时间被治疗、巡视、在护士台的进进出出，量体温等填满：为什么她需要另一种生活，在别处的生活？

能为病人服务带给她一种自豪感，弥补了她的一些缺憾。“我没有时间想我自己，我有太多事情要做”，每当她感觉孤单时，便总是这么对自己说。

“早上好，斯特凡妮。”她刚走进病房，还没来得及说一个字，卡尔就微笑着问候她。

“早上好。你今天终于可以接待来访者了。”

“我有些担心。”

“为什么，你不高兴有人来看你？”

“会很热闹！”

“什么意思？”

“从你的角度，也许会觉得很好玩。对她们或对我，一点也不好玩。”

“她们，谁？”

“你猜不到？”

“猜不到。”

“那么，耐心点，你有好戏看了。”

斯特凡妮决定扔下这话题，开始工作。

他微笑。

她越是在他床头忙碌，他的微笑就越灿烂。

虽然发誓不提问的，但她终于忍不住问道：

“你为什么要这么傻笑？”

“因为一个漂亮女人在照顾我……”

“你怎么知道，你又看不见我。”

“我能听到你，能感觉到你。”

“什么？”

“通过你的声音，你的走动，你动作带过的气流，尤其是你的气息，我能辨别出你是个漂亮女人，我敢肯定。”

“花言巧语！如果我鼻子上有个疣或一块紫癍呢？”

“我不信。”

“油嘴滑舌。”

“那好吧：你鼻子上有疣子吗？”

“没有。”

“有紫癍吗？”

“也没有。”

“那就是了！”他下结论道，很高兴自己有理。

斯特凡妮大笑，走了出去。

与昨天不同，她在余下的时间里心情大好，恢复了自己的愉快天性。

下午，从一个房间忙到另一个房间，她终于开始明白卡尔早上的话。

“很有趣，不是吗？写成K而不是C……”接待室里，七个女人一个比一个靓丽，却彼此怒目而视，就像一群模特在争抢角色。没一个与卡尔有正式关系，除了那个火红头发的高个子女人，对护士长自称是他的“前妻”，她得到了优先权。其他六个女人——情妇们——耸耸肩看着她走远，又开始满怀敌意地相互瞪眼。她们刚发现彼此的存在？这是他陆续有过的情妇还是同时拥有的？

斯特凡妮尽可能找机会经过那里，但是没能满足好奇心。当她们离开座位去卡尔身边时，都是一副相同的德行：一进走廊，一秒之内，立马放下愠怒的表情，换上一副忧心忡忡的面孔，捏着手绢，眼含热泪。多么出色的演员！对了，她们什么时候是在演出呢？是她们相互面对时的竭力克制还是当她们靠近情夫时的颤抖？她们是否从没坦诚过？

最后一个女人在十六点时进入房间，一分钟后就大叫着冲出来：“他死了，天哪，他刚刚死了！”

斯特凡妮冲出办公室，奔到病床前，摸了摸卡尔的脉搏，看了一眼监护仪的屏幕，厉声道："闭嘴，他只是睡着了，前面的探视让他太累了，像他这种情况……"

那个女人坐下来，紧紧并拢双膝，仿佛这样就能让自己镇定下来。她咬着自己长长的红指甲，咒骂道：

"那些臭婊子，她们故意的！她们让他筋疲力尽，什么都不给我留下。"

"听着，小姐，你面对的是一个刚刚经历过严重车祸的男人，你似乎没有意识到这一点，只想到你自己，或你的情敌们，这太过分了！"

"什么，人家付你钱是为了让你照料他还是让你来教训别人的？"

"为了照料他。所以，现在请你出去。"

"滚一边去！我等了四个小时。"

"好，那我叫保安过来。"

面对威胁，那个模特姑娘低声发着牢骚，踩着高跟鞋，招摇着走远了。

斯特凡妮在心里朝她啐了句"粗俗的女人！"然后开始照料卡尔，抬高他的床，拍松枕头，检查输液管，很高兴把他夺了回来。

"我终于可以工作了。"她叹口气想。

她丝毫没有意识到，她刚才的反应就像个吃醋的女人。

第二天，卡尔微笑着迎接她。

“怎么样，昨天你是不是觉得很有趣啊？”

“有什么有趣的地方？”

“迫使这些相互仇恨的女人碰到一起，面对面耐心等待。坦率说，我很遗憾我躺在这里而没有在接待室。她们有没有相互扯头发打架？”

“没有。但是她们把接待室变成了大冰箱。你有没有听见我把最后一个赶走？”

“最后一个？没有。朵拉后面是谁？”

“一个穿松糕鞋的褐发女人。”

“萨曼达？哦，很遗憾，我倒是愿意接待她。”

“你没能够。”

“我怎么啦？”

“你睡着了！她以为你死了。”

“萨曼达总是大惊小怪。”

“这也是我斗胆对她说的。”

她一面照料他，一面上千个问题掠过脑海。六个情妇中哪一个是现任？他爱其中某一个吗？他从女人身上期待什么？是否因为他只从外表选择她们而没别的要求，所以他从一个跳到另一个？难道他只想跟她们上床，从未想过发展持久一点的关系？他会主动追求女人吗？还是他对自己容貌的吸引力很自信？他会是怎样一种情人？

仿佛他能够嗅到她脑海里的奔涌思绪，卡尔发声道：

“我觉得你今天有心事！”

“我，没有的事。”

“肯定有。跟你丈夫闹别扭了？”

“我没有结婚。”

“那跟你的伴侣？”

“也没有伴侣。”

“那跟你男朋友？”

“哦，是，跟我男朋友有点问题！”

面对一个认为她十分迷人的男子，她没有勇气承认自己忧伤的孤独，决定杜撰出一个男朋友：至少在这里，在211房间，她是个正常女人。

“你对他的不满是什么？”

“嗯，没什么……没什么确切的……我对他有些疑问……我在想他是不是三心二意……”

“你吃醋了？”

斯特凡妮愣住了。她不习惯别人对她提类似的问题，而且她刚意识到她在吃卡尔的醋。

她沉默不语。他大笑起来。

“你吃醋了！”

“谁不吃醋呢？”

“我。不过我不想谈论这个话题，还是说回你吧。他叫什么名字？”

斯特凡妮很想回答他，可是她想得起来的尽是些小狗的名字——雷克斯、提图斯、梅多尔托米……她有些慌张，结结巴巴道：

“拉尔夫！”

当然了，这也是一条狗的名字，一条她在路上遇见的短毛猎犬的名字。她希望卡尔不要起疑心，拉尔夫，人也可以叫这个名字，不是吗？

“拉尔夫太蠢了，如果你想听听我的意见。”

哎哟，他听信了她的谎言……

“你又不认识他。”

“当人们遇到一个像你这样高贵，拥有如此气息的女人，第一件要做的事，就是搬去与她同住。可你告诉我你们没住在一起？”

“不怪他，也许是我拒绝……”

“你拒绝了吗？”

“没有。”

“所以我可以确定：拉尔夫是个笨蛋，他配不上你。离开一个有如此气息的女人……”

斯特凡妮慌张了，活了二十五岁，她从来没有想过自己能散发出什么气息。她本能地将手臂凑近鼻子，什么气息呢？她什么也没闻到。他这是在说什么呀？她从来不买香精和香水。是她肥皂的味道？那味道消失得很快……她衣服上洗涤剂的味道？柔软剂的味道？不会。医院里所有人的白大褂都由同一家洗衣公司负责。她的气味？属于她自己的气味？这是一种好闻还是难闻的气味？这到底是一种什么气味？

她只忍了三十秒，便语气有些急迫地问道：

“我身上有什么味道，汗味？”

“你太有意思了！不，我闻不到你的汗味。如果能闻到的话倒好了，一定很美妙，太让我兴奋了。”

“你在开玩笑？”

“我向你保证，你身上有一股很迷人的气息，如果拉尔夫从没对你说过，那他是个彻彻底底的蠢货。”

晚上，回到她的单间公寓，斯特凡妮进行各种尝试。

她拉上窗帘，脱掉衣服坐在床上，试着嗅闻，她的鼻子嗅过身上所有能触碰到的地方。洗澡前她努力完成这一套柔性操作，洗完澡后又进行了一遍，一无所获。

不过，尽管她讨厌光着身子，但并未立刻穿上衣服，她想尝试另一种方式：猛然转个大圈，鼻子迎着气流，截取旋转过程留下的气味。她依旧什么都没捕捉到，但是裸露着大腿和乳房走路，让她感到一种真正的愉悦。

吃晚饭时，因为要用餐盘和刀叉，她披上了一件浴袍。不过她一边吃，一边慢慢松开浴袍，直至完全脱下，希望能捕捉到自己的气味。

最后她检查了衣橱，闻了闻她穿过的内衣和未穿过的，还是跟前面的尝试一样毫无结果……她注意到有什么东西，但几乎不着痕迹，某种转瞬即逝的微妙气息，每次觉得似乎要抓住它了，每次它又滑走了。

她决定裸着身子睡，这样醒来时也许能在被子里闻到她的气味。不过在经过了一个小时的翻来覆去、辗转反侧后，她认定光着身子快让自己发疯了，于是套上睡衣，不一会儿就睡着了。

第二天，她悄悄走进房间，凑近卡尔的床，没有惊动他。

三十秒后，他笑了。一分钟后，他有些不安地结结巴巴道：

“斯特凡妮？”

她本想让这游戏持续更长时间，无奈金属托盘里的一根针筒滚了一下，出卖了她的在场。

“是。”

他放心地舒了口气。

“你在吗？”

“我来了有一分钟。我不想吵醒你。”

“我没有睡着。现在我明白了为什么我会强迫症似的想到你。”

一边同他聊着天，斯特凡妮一边检查病人的情况。她决定做一个新的尝试，因为她注意到只要她在他身前，展开双臂，他就会微笑。她凑得更近些，胸部就在他脸上方。赢了！一种愉悦满足的表情铺满了卡尔的脸。现在可以确定他没在撒谎：她身上真的有一种气味，让卡尔痴迷。

她饶有兴味地再次撩拨他，有一阵，她的头发拂过他的脸颊。如果同事们看见她凑得这么近，会怎么想？管他呢！她很乐意看见这张俊俏的面孔笑意盈盈。

最后，当她裸露的肩膀几乎贴着他的鼻子，向他表示说她得去照料其他病人时，他仿佛就要晕过去似的喃喃道：

“被一个如此漂亮的女人照顾，多么幸福……”

“你太夸张了，我可不是别人梦想中的女孩，完全不是！”

“梦想中的女孩，并不是女孩梦想成为的那样，而是男孩所见到的那样。”

周六和周日她休息，她很想念卡尔。她经历了好几种状态：为了研究她从前不知道的这种天赋——带香味的身体，她继续光着身子在屋子里走来走去；同时，她又哭得很伤心，因为她鼓起勇气去一家中国刺绣丝绸服装店的尝试又把她拉回现实。没有一件衣服适合她，她又丑又胖。

为了避开他人的目光，她把自己封闭起来，吃冷冻食品，只跟自己的电视机对话。为什么男人们不能像卡尔那样雅致？为什么这个社会只关注视觉而压制其他感觉？在另一个不同的世界，在气味的世界里，她受人赞赏；在另一个不同的世界，她拥有让人神魂颠倒的力量。在她知道的某一个房间里，她是“那么漂亮的女人”。她等待周一早晨就像在等待被解放。

“你意识到你刚才都胡思乱想些什么吗？我可怜的斯特凡妮，你不过是个瘫痪瞎子的无奈选择！多么失败！”

垂头丧气取代了兴高采烈。

她就这样在痛苦与欣喜、自怜与兴奋的纠结中度过了两天。所以，周日晚上，当医院打电话让她现在就去上班而不是第二天时，她欣然答应。

一清早，护理小组在咖啡角捧着卡布奇诺等待换班，对有些人来说，这是最后一杯，对另一些人来说，这是第一杯，白班护士接替晚班护士。在蓝灰相间的大楼里，有那么一小段明暗不清的时间，一如暂时的寂静。紧接着转换开始：喝几口苦涩的咖啡，交谈几句，天就突然间亮了。小推车的声音响起，开门关门的声音，足底踩在地面的声音，楼道里人来人往的声音，楼梯间吸尘器的轰鸣声，底楼大厅接待处打开窗口的声音……走廊里响起另一重节奏，病人醒了，测量体温，分发药品，茶杯茶托碰撞。

七点半，斯特凡妮精神抖擞、满怀喜悦地出现在卡尔的房间。

“早上好。”她打招呼道。

“什么？斯特凡妮，你已经到了？”蒙着双眼的人惊讶道。

“是的，有一个同事病了。”

“我知道人家总是吃惊护士或医生也会身体出问题。总之，我承担她的工作。”

“我，我承担我的工作：我扮演病人，我似乎干得不错。”

“干得非常好。”

“可惜……”

“我想说的是你从不抱怨。”

“抱怨又有什么用？”

早晨的薄雾依然贴着玻璃窗。

斯特凡妮量好体温，更换了输液针头，调节了输液速度，然后给他打了一针。接着她把头伸到走廊喊护工。

“高梅太太，过来帮我一起做个清洁护理！”

卡尔在她身后强烈抗议道：

“你可不能给我做这个？”

“什么？”

“给我清洁身体！”

斯特凡妮不明白，凑近他道：

“我可以呀，为什么？”

他皱着眉头，表情紧张，脸转来转去，仿佛在寻求帮助。

“我……我不喜欢这主意！”

“放心吧，我经常干这活。”

高梅太太进来了，他便不再坚持。斯特凡妮以为他已经被说服，便拿起一只手套和一瓶液体肥皂。高梅太太掀开床单，把卡尔暴露在外，斯特凡妮忍不住一阵激动。她觉得他很美，整个身体都很美，没有一处让她讨厌的地方。一切都让她怦然心动。

尽管他受了伤，不能动弹，但并没有疾病的烙印。

她转过脸去，第一次感觉到未经本人同意她没有权利观看一个男人的裸体。她退后一步，高梅太太毫无感情地掀开卡尔的被子，脱下他的衣服，让她感觉十分粗暴。

从哪里开始清洁？

如果说她对这套操作过上百遍的流程早已烂熟于胸，卡尔却让她羞怯。她要触碰的是他的大腿、他的胸部、他的腹部、他的双肩。通常，她擦洗一个病人仿佛只是在擦一块防水布。他却不同，他让她心动。要不是有医院的借口，她永远都不可能见到他的裸体。即便他说她有一种美妙的气息，他也不可能选择她当情人，不是吗？

高梅太太毫无顾忌地擦洗起来，斯特凡妮为了不让别人看出她的迟疑，也着手她的工作。不过她的擦拭更温柔更全面。

“你这是干嘛呢？可怜的蠢货。他瘫痪了，瘫痪！这就意味着他根本感觉不到你的手。你掐他或抚摸他，对他都一样，什么感觉都没有。”她心想。

受这个念头鼓励，她专注于一些细节，迫使自己完成这项工作。然而她不小心朝他脸上看了一眼，发现他双颚紧闭、牙关咬紧、不住颤抖。当她擦拭他头颈时，他用轻得几乎听不到的声音道：

“我很抱歉。”

她从他的叹息中听出了巨大的不安，便支使高梅太太去回应209房间的呼叫铃。

“我来收尾吧，高梅太太，没事。”

等他们单独相处了，她弯腰柔声问道：

“很抱歉，抱歉什么？”

“我很抱歉。”他重复道，脑袋左右转动着。她心想他到底怎么了，便扫了一眼他全身，突然明白了他慌乱的原因。

他的性器官直直挺立。

斯特凡妮禁不住赞叹这坚实的覆盖着一层细腻皮肤的

器官，它的勃起仿佛是对她的一种致意，显得又强壮又温柔。她驱赶掉心中的杂念，回到她的职责上来，明白她需要消除卡尔的焦虑。

“别担心，我们经常遇到这种情况。这是种条件反射。”

“不是的！”

“是的，不用担心，我知道是怎么回事。”

他怒气冲冲地回答道：

“不，你根本不懂这是怎么回事！丝毫都不懂！别乱说什么条件反射……当别人触碰我下巴以下的部分，我什么也感觉不到。当你的同事安托瓦内特护理我时，我很放松，用不着咬紧牙关。为什么？因为安托瓦内特或高梅太太没有你身上的那种气味。我试着提醒过你……”

“好吧……这不要紧……”

“如果这都不要紧，还有什么要紧的？”他深受打击地抗议道。

“别觉得难为情，这对我没什么。”她撒谎道。

“这对你没什么？谢谢！我终于真正认识到我就是个废人！”斯特凡妮发现眼泪浸湿了他蒙眼的绷带。她真想把卡尔抱在怀里安慰他，但她不能这么做，如果有人突然进来，发现一个光身子的男人在一个女护士怀里，他又是现在这样的状态，那该如何是好！更何况用她的气息包裹他，情况只会更糟。

“我做了什么，我的天哪，我做了什么？”她焦急地喊道。

卡尔换了副模样，他的身体颤抖起来，喉咙口震动。斯特凡妮刚想喊人时，起了疑心：

“你……你在发笑？”

他继续大笑着点点头。

看到他的性器官随着他的大笑一点点缩小，放下心来的斯特凡妮也被逗得咯咯笑起来。

她用床单盖住他的身体，坐到他身边，等他笑够。

当他终于平静下来，斯特凡妮问道：

“什么事情这么好笑？”

“因为你用那么惊慌失措的语气说‘我的天哪，我做了什么？’而你正在用绷带为我包扎。你想想那场景是不是很荒谬？”

他们又一起大笑了几秒钟。

“现在说正经的。我可不想再这么尴尬，所以不要你来给我擦身。你明白了吧？”

“明白了。”

事实上斯特凡妮并不确定是否明白，她记住的是她拥有这份魔力，这份神奇的能唤起一个男人欲望的魔力。怎么说呢？她，那个又胖又丑的姑娘，却能唤起这个男人，这个美女环绕、一群迷人情妇为他争风吃醋的男人的欲望！

在这天剩下的时间里，她避免去221房间。她感觉同事们似乎猜到了什么，她们看她的眼神那么异样。她自己也感觉有点不同，情不自禁比平时更健谈、更开朗，且动不动便双颊绯红。

“我说，斯特凡妮，你是不是恋爱了?”玛丽·泰雷莎用她唱歌似的迷人口音问道。她发不出“r”的音，所以总是任性地拖长元音。

斯特凡妮一阵脸红心跳，没有反驳，逃去药房了。

“她肯定恋爱了。”玛丽·泰雷莎点头下定论。

可是玛丽·泰雷莎搞错了：斯特凡妮没有恋爱，她只是刚刚成为女人。

这天晚上，她脱下衣服，没有躲着镜子，而是立定在镜子前。

“你让人喜欢！你也可以让人喜欢！”

她以此作为好消息，甚至是一种奖赏，对自己的身体宣告。

“这身体能刺激一个男人。”她对自己的镜像说。

她的镜像似乎并不怎么相信。

“真的！”她坚持道，“就在今天早上……”

她对她的镜像说了早晨发生的事，详细告知她气味的魔力……

讲完这些后，她披上睡衣，吃好晚餐，然后上床回味，一再回味。

周二一大早，她一到更衣室便跟高梅太太商量调整操作流程（没让她起疑心），让她单独完成221房间病人的清洁护理。

等卡尔漱洗完毕了，她才去找他。

“谢谢你刚才没有来。”他松了口气道。

“第一次有人这么对我说！”

“有点奇怪，对吧？在有些人面前，我们不在乎有失体面；在另一些人面前，我们很在乎。显然这是因为我们想取悦他们。”

“你想取悦我？”斯特凡妮问道，喉咙口一紧。

“是的，我很想。至少，我很乐意这么想。”

“你赢了，我很喜欢你。”

她凑上前，在他的唇上触碰了一下。

“我在做梦还是你真的亲了我？”他问道。

“你在做梦！”

她的唇间一整天都保留了这个吻的芬芳。这真的有这么美好吗？

尽管她提醒自己不要忽略了其他病人，但她在卡尔房间待的时间最长，或者在那里时间过得特别快。她只要一跨入221房间的门槛，便仿佛穿过一道看不见的屏障，进入了另一个世界。

接近中午时，卡尔和斯特凡妮聊着一些鸡毛蒜皮的小事。他突然停下，换了话题：

“医院之外，你穿什么衣服？”

她一下子就否认掉现实，否认掉那些在更衣室或衣柜里等着她的难看衣服，她决定扯个谎。

“穿裙子。”

“啊，太好了。”

“对，穿裙子和衬衫，可能的话是丝绸的。有时候裙子和衣服是套装。夏天的话，穿轻薄的连衣裙。”

“太美了。冬天呢？”

斯特凡妮想到自己臃肿的身材，不禁有些脸红。

“我喜欢穿皮衣，不是摩托车手穿的那种，不是繁复诱惑人的那种，也不是昂贵的那种。你明白我说的吗？”

“我太喜欢了！我看不见你，真是太遗憾了。”

“这里，我们工作时穿白大褂和长裤，不怎么性感。”

“即使你穿了也不性感？”

“即使我穿了也不性感。”

“我有点不信。不过你下班后可以补回来。”

“是这样……我补回来……”

下午，从医院下班后，她决定把早晨不真实的那些变为真实，便朝奥斯曼大街的几家大商场走去。这样她就需要搭乘地铁，这在她非常少见，因为斯特凡妮一般都是步行。几年以来，她一直都住在“医院后面”。一个巴黎的陌生人听不懂这种“医院后面”的表达，因为硝石场医院有两个相似的主要入口，位于医院两侧的两条大街上。那么哪一个是前哪一个是后呢？要明白这一点，必须与巴黎独特的平面形状做比较。巴黎是建在一个圆圈里的，但它却有前后之分……朝向中心即巴黎圣母院的那一面为“前面”；朝向周边的那一面为“后面”。住在离郊区不远的中国城一幢高楼的单间公寓，斯特凡妮就是住在“后面”。

走到地下，被堵在挤满人的车厢，在汗臭和嘈杂中煎熬，被拥挤的人流推来搡去，对她已经是一场考验。在走错了几次大楼后（因为每栋楼都集中专卖某一品类），她终于来到女装柜台。她使劲克服自己的胆怯，得到了售货员的帮助。在否决了几件衣服后，她终于看中四件如她对卡尔描述的衣服，让她意外的是，这些衣服还挺适合她……

星期三早上，斯特凡妮穿着一身皮套装到更衣室，同事们都不吝赞美之辞。她红着脸换上平时的白大褂，心里却有了些不一样的感觉，故意忘记扣最上的两粒纽扣。

在护士长办公室，有人告诉斯特凡妮221房间的病人卡尔·博埃尔将被送入手术室进行眼科手术。所以她将要迎回一个光彩照人的卡尔。

"你能想得到吗，斯特凡妮？我终于要重见光明了。"

斯特凡妮艰难地咽了口吐沫。重见光明，是好事；可是看见她，毫无疑问将是场灾难，是梦境的结束，是他们关系的死亡……

"哦，哦，斯特凡妮，你听到我说话吗？你在吗？"

她尽量让自己的声音显得愉快。

"是的，我听见了，你能重见光明我很高兴，真的很高兴。为你高兴。"

对自己，她加了一句"我自己高兴不起来"。随后，她克制住自己的苦涩，尽量配合卡尔天真的兴奋劲。

下午四点，还处于麻醉状态中的他从手术室回到病房时，她正好下班。

周四，经过一夜断断续续的睡眠，她心情沉重地朝医院走去。

外面在下雨。

早晨，巴黎似乎突然从昏沉麻木中醒来。大街属于白天躲藏起来的那些庞然大物：大卡车、带抓斗的垃圾清运车、把水溅到她身上的洒水车。

太阳并不比月亮亮多少。走在颤动的露天轻轨高架桥下，淋不到雨，她边走边思忖："反正，不管他看见的我是干的还是淋湿的，他都会很沮丧！我用不着收拾自己。"她低头紧盯着湿漉漉的人行步道，心想，从此她又要回到她那令人讨厌的、没人会喜欢的身体里。她的美貌，不过是几根稻草的火星，草地上的一顿午餐！她丑陋相貌的休假期也太短了点……

同时，她又自责自己的忧伤。多么自私！不替他着想，不考虑他的幸福，而只想着自己。卑贱的单相思，可耻的女人，不合格的护士，显然，她是一堆错误的集合。再说了，她自己就是个错误。

她无精打采、垂头丧气，缩着双肩推开医院大门，仿佛被这决定性的沮丧压得抬不起头。

通向221房间的走廊从未如此漫长。

室外，雨点斜斜地拍打着玻璃窗。她跨过221房间的门槛，立刻发现卡尔依旧绑着绷带。她走上前，他一下子跳了起来。

“斯特凡妮？”

“对。你感觉怎么样？”

“我想手术失败了。”

一股血流直冲耳膜，她感到幸福。他看不见她，永远看不见！现在，她准备好了为他奉献一生，如果他愿意的话。是的，她很乐意成为这个男人的专门护理，只要他能从失明的深处，时不时谈论一下她的美貌。

在接下来的时间里，她表现出无穷无尽的力量，这力量来自失败后的重燃希望。她竭力安慰他、点亮他的情绪。

过了一个多星期，靠着这种无懈可击的乐观，她给他带来巨大的安慰。

有一天，是个周三，他叹息道：

“你知道这里最让我感觉不幸的是什么吗？是我再也听不到女人高跟鞋的回荡声。”

“这是规定。”

“你们的这个规定妨碍我恢复健康。我不可能在拖鞋和木底鞋的声音中康复。我不仅需要被当作一个人来对待，更需要被当作一个男人。”

她立刻担心起他将要提出的要求，她猜自己会答应他。

“求你了，斯特凡妮。你可不可以忘记你们的规则一会儿，为我，只是为了我，穿上几分钟你女人的鞋子而不是工作鞋？”

“可是……可是……”

“人家会因为这个解雇你吗？”

“不会……”

“那我求你了：给我这份乐趣。”

“让我想想。”

斯特凡妮确实一直在想，不过想的是她可以穿哪双鞋子。如果她穿平时的网球鞋，肯定满足不了卡尔。休息时，她询问最会打扮的几位同事，她们介绍她几家商店。

因为大部分护士是马提尼克人，所以斯特凡妮离开医院，钻到地下坐地铁来到巴黎北部非洲人聚集的巴尔贝斯一带。那儿橱窗里摆着大量廉价的造型繁复的尖头皮鞋。

好几次她差点想打道回府，因为有些商店很明显就是只为妓女服务，都是些夺人眼球充满挑衅的服装，款式和面料都极其浮华、俗气。

因为别人的推荐，她推开“巴黎优雅”的店门，这家鞋店用霓虹灯照明，地上堆着一摞摞鞋盒，试鞋凳已经磨损凹陷，亚麻地毯也修补过。实在配不上它的店名。

她抱定主意买鞋，却不敢试穿高跟鞋，就像害怕踩高跷似的。不过在售货员的指引下，她终于找到鞋跟高度让她穿进去不至摇晃的鞋，她决定买两双。

“这双你觉得怎么样？”

斯特凡妮穿上鞋走了几步。

“不，我丈夫不会喜欢这双。”

“他不喜欢漆皮式样？”

“他是盲人。不，我说的是声音……这鞋跟的声音听上去像初领圣体者的鞋……我想要更性感一点的声音。”

售货员很高兴，抱来几双线条简洁的鞋。

“很好，”斯特凡妮说道，同时惊讶于式样与声音之间的那种高度吻合，“现在，只需要选择颜色。”

"颜色就简单了，因为只为你自己选。"

受这句话鼓舞，斯特凡妮选定一个式样后买了两种颜色——黑色和红色。在内心深处，她不敢买胭脂红的薄底浅口皮鞋，她不相信自己会穿。但今天，多亏了卡尔，她允许自己满足一下小女孩时的愿望，那小女孩曾经梦想偷穿母亲性感的服饰。

周四，她把买来的鞋放在一只旧运动包里带到医院。

到十点十分，她肯定这个时候不会再有任何医生过来，便附在卡尔耳边说：

"我带来了我的鞋。"

她关上门，把她的平底鞋放在近门处，摆放在有人来时她很容易就套进去的位置，然后换上她的黑色薄底浅口鞋。

"现在治疗开始！"

她开始围着床完成任务，尖尖的鞋跟有力地敲击着地面，有时突然停下发出微微的颤动，随后又轻轻滑过。

卡尔咧嘴笑到耳朵根。

"多么享受。"他喃喃道。

突然，斯特凡妮很想试试那双红色的皮鞋。

"等等，我还带来另一双。噢，它们并没有很大区别，不过……"

这回，是为了她自己，她穿上另一双猩红的羊皮皮鞋，兴致勃勃地继续她的任务，很是兴奋。

卡尔突然问道：

“鞋子的束带是不是更细了？”

“没有。”

“是不是脚露得更多一点？是不是开口的弧度更深一点？”

“没有。”

“是蛇皮的吗？”

“不是。”

“那么鞋子是什么颜色？是否刚巧是红色？”

斯特凡妮确认是的，惊讶得目瞪口呆。车祸损害了卡尔的视神经，他还绑着厚厚的绷带。他怎么能……

她几乎被吓坏了，冲到门口换上工作便鞋，把另一双鞋藏进包里。

“谢谢，”卡尔低声细语道，“你把我宠坏了。”

“你是怎么猜到的？”

“我看不见鞋的区别，但我能感受到你，你在两双鞋里是不一样的。你走路时的方式有所不同，你在扭胯。我敢打赌你选这双是为了让拉尔夫喜欢。我没说错吧？”

“嗯……”

“我也很喜欢你的声音，一种带着果味的、像唱歌般的清脆声音。很有意思，如此饱满的声音应该是黑人女子特有的！你不是吧？”

“不是，不过我同我的马提尼克同事有许多相似之处。”

“是的，我也这么想。结实宽大的骨盆，紧致的皮肤包裹全身的丰满女神。我没说错吧？”

“你怎么知道？”

“你穿浅口皮鞋时的摆动，还有你的声音。瘦弱的女人很少有美妙的嗓音。这就好比需要一个肉质的首饰盒来盛放厚重的嗓音……需要一个宽大的骨盆，让声音可以舒舒服服安顿下来，丰富而和谐……人们不是用肥厚来形容嗓音吗？如果嗓音如此，那个女人应该也一样。多么幸运！”

“你相信你对我说的这些？”

“怎么不相信？嗓音，靠的是血肉和共鸣来支撑。如果没有足够的血肉和共鸣的空间，那声音会很干瘪，那女人也是。对不？”

“那天，见到你的那些情妇，我以为你只喜欢苗条女人。”

“环境使然——我的摄影师职业迫使我经常接触模特，为一些时装杂志拍照片。然而我太喜欢女人了，不管是纤瘦中的纤瘦还是丰满中的丰满，我都喜欢。”

周五，斯特凡妮的休息日开始了，这让她有点猝不及防。没有他，她要怎样度过这三天？她决定为了他继续完成一些任务：她在一家美容院花了几个小时，为自己做了个头发；还好不容易约到个美甲师；然后回到她的单间公寓打开衣橱门，严格地审视了一番她的衣服。

“他会喜欢什么衣服？不喜欢什么衣服？我要分成两堆。”

她强迫自己不作弊，清空了衣橱。周六，她把几大袋子衣服送到了红十字会。

周日，她决定再去趟巴尔贝斯，去填满已清空的衣橱。她思忖着卡尔对她说过的有关丰满女人的那些话。如果他喜欢她们，那么她也可以做到让他喜欢。她在一个露天咖啡座坐下，观察着来来往往的行人。

巴尔贝斯跟中国城反差多么强烈啊！跟她居住的街区区别多么大啊！从亚洲人的街道到非洲人的街道，一切都变了。不但气息不同（在浓烈、辛辣的巴尔贝斯，不容置疑地，烤羊腿、烤重料小香肠的味道取代了黄绿相间的中国城绿叶蔬菜和茎块的气息），社会关系也不同（巴尔贝斯的人行道上挤满人，而中国城的马路上空空荡荡）。还有女人……女人们的身材、举止、服装，尤其是她们对女人味的理解，是多么的天差地别。巴尔贝斯的女人用弹力紧身衣或华丽、宽大、色彩鲜艳的长袍来突出她们的形体；中国城的女人则将自己隐藏在软塌塌的外套里，男性气质的直排纽扣掩盖她们胸部曲线的痕迹，直统统的长裤，遮蔽了她们胯部和大腿的曲线。

这些非洲女人，穿着宽大的袍子或紧身衣裤，一派威严，在男人们火辣辣的目光下神气活现地招摇过市。她们从未有一刻怀疑过自己的魅力，从未有一刻把口哨声或轻浮的媚眼看作是一种讥讽。她们带着勇气、自信和挑衅在大街上闲逛，如此深信自己散发着无可抵挡的魅力，结果真的有了些许魅力。斯特凡妮和周边的男人一样，觉得她们相当的神气。

她心想，如果母亲莱亚此刻在她身边，肯定会叹气，仿佛别人让她看的是一场坦克游行，是到某家残疾人机构参观，是一场鲸鱼的芭蕾。斯特凡妮明白她对自己的轻贱看法，来源于她那位过于自恋的母亲，她自以为可以制订美貌标准。而且斯特凡妮离开莱亚搬去的是中国城，生活在一些迷人但身材瘦弱的人中间，更加深了她的心结。

一名瘦弱、脸色苍白的红发女子走过，恰好与莱亚有点相像。斯特凡妮扑哧笑了起来：旱獭中的一只蜻蜓，仅此而已！在这里，在这些巨人中，苗条变成干瘪，扁平的小腹就是瘦骨嶙峋。

斯特凡妮悟出了所谓吸引力有一种深刻的相对性，心中得到极大安慰，哼着小曲回家去了。走在苏瓦奇大道上，经过唐氏兄弟超市和烤鸭店时，她突然觉得自己的身材、自己散发出的能量简直棒极了。

在她的落地穿衣镜前，她凝视着一个全新的女人。她的镜像只有稍许改变：仅是衣服、发型、姿态不同，但一种内在的光芒，一种自信，将她变成另一个人，变成一个胖嘟嘟的胸部丰满的漂亮女人。她衷心感谢卡尔，迫不及待等着第二天的到来。

周一，她推开221房间，一群医生的在场让她很扫兴。她使劲克制住想把他们赶走的念头，就如她上次赶走卡尔的情妇们那样，把他只留给自己。紧接着她意识到了事情的严重性，查房的气氛凝重。她悄悄进入房间，在住院医生后面贴墙站着，这是适合护士的谦卑姿态。

有着毛茸茸手臂、下巴挂着一次性口罩的贝尔福教授忧心忡忡。在对助手轻声耳语几句后，他带着队伍回会议室解放自己——如硝石场医院的诸多大人物一样，他在疾病面前比在病人面前更自如。

斯特凡妮跟在医疗小组后面。在那里，随着检查结果逐一呈现，斯特凡妮惊恐地了解到卡尔情况的严重性。经过几个星期治疗，医生们对卡尔的预后仍持保留态度，一点不比救护车刚把他送来时更乐观。所有希望都寄托在贝尔福医生即将实施的手术上。

斯特凡妮除了心痛还有内疚。这间221病房，她每天来这里度过生命中最美好的一些时刻，卡尔却在这里经历着他生命中的至暗时刻，也许是最后的时刻，无力地躺在床上，身上插满橡皮管子和输液袋，孤零零地被关在一间小屋子里，忍受着住院医生和实习医生的分析评论。他一无所有，什么也做不了，什么也体验不了，只是靠着医疗手段苟延残喘。她指责自己的自私，觉得自己是那么可恶，跟卡尔那些情妇们一样浅薄、虚荣、风骚。

因此，这一天为了惩罚自己，她忍着不去看望卡尔，设法不参与对他的护理。

周二，当她来到卡尔身边时，感觉他很虚弱。他睡着了吗？她凑近他，弯腰看他的脸，他的鼻翼没有歙动。她终于轻声道：

“卡尔，是斯特凡妮。”

“哦，你终于来了……”

他的声音从他因激动而颤抖的身体里发出，仿佛来自很远的地方。他似乎很不安。

“四天时间没有你，太漫长了。”

尽管眼睛看不见，他还是转向了她。

“不停地想念你，一直在等你。”

“每天？”

“每个小时。”

他说得很郑重其事，一点不是在撒谎。她开始哭泣。

“请原谅我。我再也不离开。”

“谢谢。”

她知道这样荒唐的对话一点都不职业：她不该给出这样的承诺，病人也没有权利这么要求。然而就是这种荒唐，让她掂量出他们间的感情。即使不能说他们是在相爱，至少可认为他们相互需要。

“让我高兴一下，斯特凡妮。”

“好的，你想要什么？”

“拿一面镜子，给我描述一下你的眼睛。”

“多糟糕的念头，我只是很普通的栗色眼睛。”她遗憾地想，“要是他这样问我母亲就好了，她是那么自豪她的蓝眼睛。”

斯特凡妮找来一面有放大功能的圆形镜子，坐在他床边观察镜中的形象。

“眼球的眼白非常白。”

“蛋白一样的白？”

“珐琅质一样的白，看上去很深，很坚固，就像在烤箱中烤过后凝固的奶油。”

“很好。还有呢……”

“一道黑色的镶边，呈轻微的螺旋状，圈出了虹膜，衬托出它细微的颜色变化。”

“哈……给我说说。”

“有浅褐色、深褐色、米色、浅黄褐色、红色，有时变成绿色的一个点。比看上去的要丰富多彩得多。”

“上帝就在细节里。那瞳孔呢？”

“很黑，很灵敏。它变圆、收缩、固定、然后又放大。这个瞳孔很丰富，很容易动感情。”

“太棒了……”

“现在说说你的眼皮。”

游戏继续着。睫毛、眉毛、头发长成的样子、耳垂……斯特凡妮被这个瞎子的目光引领着，发现视觉世界无数的细微差异，发现自己身体上那些毋庸置疑的财富。

下班前，她在更衣室发现自己的柜子前放着一束粉色和紫色的芍药，围着一圈漂亮的带叶淡青色树枝。她抱起来，从没想到过这是给她的，正要送去接待处，一张卡片掉出来，用手写体写着“给斯特凡妮，最出色的那位护士”。

是谁送给她这份荣耀？她查看了包装纸，摸遍了花束，掰开茎叶，没发现任何签名或线索。

回到家里，她把这份礼物摆在床对面，可以一直凝视的地方，她相信这礼物一定来自卡尔。

第二天早上，一束新的鲜花从凌晨起就在她的柜子前等着她，依然是芍药，这次是黄色和红色。同样殷勤的问候语，同样低调的送花者。

她立即来到221房间，试图在同卡尔的交谈中核实，他就是那个慷慨的送花人。因为她没有一点线索，所以怯生生地问道：

“对于昨天和今天的花束，我要感谢的人是不是你？”

“我很惭愧没有想到这一点。不，不是我。”

“你发誓？”

“我惭愧地发誓。”

“那会是谁呢？”

“什么？你不知道谁给你来这么一手？”

“完全想不出来。”

“女人们真是荒谬，要让她们对我们睁大眼睛需要多少时间啊……幸亏大自然为雄性发明了鲜花……”

斯特凡妮与其说感到欢喜不如说是烦闷，而且这礼物一直继续：每天，一束新的鲜花放在她更衣室的柜子下。

斯特凡妮不得不对硝石场医院她周围的男性睁大眼睛，令她万分惊讶的是他们中不少人朝着她微笑。

开头几次她十分紧张。什么？她身边有那么多仰慕者，那么多把她当女人看待的男人？是不是她从前没有注意到他们？或者他们只是在她遇见卡尔后才关注她？她感到震惊，几乎受到了惊吓，她犹豫着是保持原来的态度——埋头走路，避免接触他们的目光，克制自己的笑容——还是采取全新的姿态：热情、放松，把每一步路都走得意味深长，勾起一百次对视，创造十次停下脚步的机会。

就这样，拉斐尔的面孔从一群担架员中凸显出来。很难确切说清楚是什么首先打动了她，年轻人热烈的眼神或是他工作服上插着一朵芍药花？看到这个信号，斯特凡妮战栗了一下，明白她遇到了那位匿名仰慕者。

她放慢脚步，垂下眼帘，张开嘴，却又不知该说什么。她开始怀疑，觉得是自己自作多情，于是赶紧逃开。

不过，她再次碰到跟同伴在一起的拉斐尔，每次他们的相视总是让她激动不已。

怎么办呢？如何应对？斯特凡妮并不指望从那男孩那里得到什么，所以不知该怎么办。他让她苦恼。她可不可以凑近他，对他宣告说“谢谢，住手吧”？

她们在食堂一起吃饭时，玛丽·泰雷莎发表了自己的看法。

“我发现拉斐尔，就是那个担架员，目不转睛盯着你看呢，斯特凡妮。”

“哦，是吗？他看上去不错……”

“你开玩笑？这是医院里最可爱的小伙子，他有着埃及公主般长长的睫毛，大家都爱死他了。要是你把他搞到手，大家会羡慕得眼睛发绿。”

“我，为什么是我？”

“那些花束！大家都知道，我的大小姐，他为你疯狂呢。”

“你不觉得他太年轻了点？”

“对谁而言太年轻？他跟你同岁。”

玛丽·泰雷莎说得没错。她是从卡尔，一名四十岁男子那里发现了自己的魅力，所以本能地认为自己更年长，把自己归于四十岁之列，因此第一反应是：他怎么敢这样？甚至觉得他不成体统。她把他当作小年轻来对待。

这个星期非常忙乱。斯特凡妮没能在卡尔身边待太长时间，后者又经历了一次手术，十分虚弱。特别是她无意中发现他在其他护士面前的样子，她意识到卡尔在她面前，竭力表现得风趣、深刻、令人困惑，这需要花费巨大努力，让他过分消耗。再说，她有些害怕穿过病区时撞见拉斐尔。

接下来是周六和周日，尽管不用上班，她还是去医院。她尽量穿戴漂亮，深信卡尔会感受得到。她甚至第一次穿上新买的花边内衣。然而当她在接待室看见他从前的几个情妇时，便折回去，脱下印度绸衬衫和紧身针织裙，换上常规的白大褂和长裤，随后上楼到护士站。

面对吃惊的同事，她解释说她在对面大楼的眼科病房加了几小时班。然后趁她们不注意，悄悄来到221房间。最后一个情妇刚刚离开，卡尔和她待了一会儿。

“你有没有注意到，我的探访者一周比一周少。她们只喜欢身体健康、强壮、风趣、对她们有价值时的我。”

“你埋怨她们？”

“不。显然这就是她们本来的德性：贪婪、渴望诱惑、渴望征服，渴望生活，我喜欢她们。”

“继续来的有几个？”

“两个。下周将只剩下一个。她们现在开始友好相处，曾经相互憎恨的她们，商量好轮流来探听我的消息，这样可以尽量少来。很有趣，是吧？说到底，她们迫不及待想为我哭泣，她们很迫切，她们将在我的葬礼上大放异彩，显得那么悲戚，真的。”

“快别这么说，你会好起来！我们一起努力让你康复。”

“我的情妇们不相信……”

“我甚至没想过要嘲笑她们，爱上你并不是件难事，你那么帅。”

“男人的帅气，没什么用。构成一个男人魅力的，不是他长得帅，而是他能让女人相信在他身边她很美。”

“瞎扯吧！”

“我向你保证，真的没用。外表的完美反而让人受束缚、受限制。”

“得了吧！”

“好吧，听着：鉴于你认为我有可观赏性，给你的信号是什么呢？信任还是警惕？”

“给我的信号是欲望。”

“谢谢。现在说正经的，到底是信任还是警惕。”

“警惕。”

“看看吧！第一层警惕：人们认定英俊的男人不够真诚；第二层警惕：英俊的男人容易招来嫉妒，我尽认识些争风吃醋的女人。”

“她们错了吗？”

“是的，一开始的嫉妒，她们错了；但后来的嫉妒，没有错。她们的怀疑发生在我的行动之前，我觉得有必要让她们显得有道理。”

他们都笑了，很放松。

“我必须给你解释，斯特凡妮，为什么我们永远都不应该嫉妒。因为如果你跟某个人建立了一种独一无二的关系，它是不可能被复制的。瞧，就拿现在来说，你觉得我们之间的交谈，我能跟另一个人进行吗？”

“不能。”

“所以，你应该认为跟我在一起，你没有竞争对手，斯特凡妮。”

她笑了，将自己的嘴唇凑近他的唇，低声道：

“有的。”

他颤抖了一下。

“谁？”

“死亡。它有一天会夺走你我经历的那些独一无二的东西。”

“所以你讨厌死亡？”

“为什么我要当护士？为什么你觉得我会这么尽心照顾你？因为我要帮助你痊愈。”

他们靠在一起沉默了好一会儿，分享着同样的激动。然后斯特凡妮悄悄亲了他一下，转身离开。

周一早上，在休息室等待斯特凡妮的不再是一束鲜花，而是拉斐尔。

他有些激动，眼睛里闪烁着既羞怯又热烈的光芒。他拘谨地递上一束玫瑰给年轻姑娘。

“你好，我叫拉斐尔。”

“我知道。”

“是我……几个星期来……总之，你明白……”

“是的，我也知道。”

她请他在洗脸池边的长凳上坐下。

担架员很陶醉地喃喃道：

“你很美。”

听他这么说，斯特凡妮意识到她已经离开盲人世界，现在是一个视力健全的人对她这么说，一个睁大眼睛的视力无损的人。

“拉斐尔，我名花有主。”

年轻人的脸因痛苦而扭曲了。

“这不可能。”他嘟哝道。

“真的，我不自由。”

“你要结婚了吗？”

斯特凡妮被这个十分具体的问题问住了，她用无力的声音回答道：

“也许，还不一定。我……我爱他。这……这就像是一种病。”

斯特凡妮差点想承认说卡尔病了，但是最后时刻，为了谨慎起见，她把“病”这个词汇引到自己身上，不让担架员有所察觉。她强调道：

“就是这样，我为他而病，我不知道什么时候可以痊愈，甚至不知道我还能不能好起来。”

他想了想，看着她的眼睛。

“斯特凡妮，我早就怀疑我不是唯一追求你的人，我早就怀疑我有情敌，我早就怀疑这世界上有很多想跟你一起生活的男人。然而，看在我那些鲜花的份上，我想问你我是不是还有机会，哪怕一丁点？”

斯特凡妮想到医生的诊断，想到她每天到越来越虚弱的卡尔房间时的忧心……她说不出话来，泪如雨下。

拉斐尔慌了，一边叫着斯特凡妮的名字，一边左顾右盼想找点什么来阻挡她决堤的眼泪。他笨拙地张开双臂，揽住斯特凡妮的肩膀，让她靠在自己身上。她使劲哭，他却笑了，因为他第一次闻到了斯特凡妮的气息并为此陶醉。斯特凡妮靠在他胸口，担架员身上通常有一股烟臭味，这个小伙子的皮肤却有一种不可思议的温暖，散发出一种醉人的榛子似的香味。她有些慌乱，直起身子，竭力控制自己。她想起贝尔福医生说过的手术，想象自己正在帮助卡尔站起来，跨出他的第一步……她摇摇头，直视着她的求爱者：

"忘了我吧。"

"你不喜欢我？"

"我永远不会喜欢你，听到没有？拉斐尔：永远不！"

她推开211病房的房门，解开白大褂上面的扣子，发现卡尔更加苍白消瘦。跟平时一样，他不让人看出他的任何忧虑。她利索地把一个新尿壶塞到他被子下，她几乎认不出他的双腿——肌肉已经全部萎缩。但愿贝尔福教授尽早开始他的重要手术。

"嗨，斯特凡妮，你不再对我说起拉尔夫……"

"我们结束了。"

"再好不过了，那是个混蛋。那现在谁是你新男友？"

斯特凡妮真想大声叫喊"是你，笨蛋，我只爱你，没有一个男人像你这样重要。”但她知道这不符合他们之间的关系，他一直认为她是独立的、舒展的，幸福的。所以她回答说：

“拉斐尔。”

“这个拉斐尔，运气多么好啊！他意识到这一点了吗？”

斯特凡妮想起刚才发生的场景，表示道：

“是的，他知道。”

卡尔听进去了这条信息，并赋予它应有的价值。

“再好不过了。现在你要答应我一件事，斯特凡妮……你愿意吗？”

“愿意。”

“凑上你的耳朵，这样的要求，我只能轻声说，而且这样我还可以蹭蹭你的气味。”

斯特凡妮贴近他线条分明的唇边，仔细听他的喃喃低语。他一说完，她就反对道：

“不，我不想这样，别提这事！”

他坚持。她把耳朵贴着他的嘴唇，泪水涌出了眼眶。她妥协了。

医疗小组正在进行性命攸关的手术。斯特凡妮在手术室门外团团转，她没有宗教信仰，此时却祈祷上帝保佑手术成功。贝尔福医生搓着双手从手术室出来，结果应该还可以？斯特凡妮抓住这个细节给自己打气。

四天后，卡尔的情况急转直下，他在晚上陷入了昏迷。到第五天早上，医生们怀疑他是否能挺得过去。斯特凡妮咬紧牙关，掩饰着自己的慌乱不安，与同事一起努力驱赶在221病房里游荡的死神。

临近傍晚，她不得不去一趟花园尽头很远的一个诊疗室。

春日的蓝天明亮得刺眼，没有一丝云彩。清新的空气灌满肺泡，鸟儿吱吱喳喳欢唱仿佛在宣告什么好消息。

半点的钟声敲响。

斯特凡妮一下子觉得很有希望，她加快脚步回到急救科。等她推开监护室大门，她预感到有什么事情发生了。走廊尽头，他病房的门开开关关，医务人员忙碌着。

她奔过去，闯进房间。

卡尔刚刚离世。

她背靠墙壁，慢慢滑坐到地上，叉开双腿，说不出一句话，也没有哭叫，只是任凭泪水溢出眼眶。

她的同事责备似的看了她一眼：从事这份职业的人永远都不该屈从于情绪，否则无法继续这份工作。她在混乱中记起了卡尔在她耳边说过的话：承诺！

她跳起来，擦干眼泪，迅速穿过走廊，下到底楼急诊大厅，径直朝拉斐尔走去。他同他的担架员同事在一起。

“你下班了吗？”

“还有十分钟。”

“那我们一起走！去你家。”

他十分惊讶，有些犹豫。她误会了这份迟疑，强调说：

“要么现在，要么永远不！”

“那就现在！”拉斐尔把烟头扔得远远的，宣布道。

他挽起她的手，带她去更衣室。路上，她觉得有必要澄清一下：

“你明白吗，我来找你……是因为……因为……”

“我明白，因为你痊愈了？”

“对，我痊愈了。”

卡尔死后一个小时，斯特凡妮信守她的承诺，把自己给了拉斐尔。她怀着炽烈的激情做爱，拉斐尔不会有一刻怀疑她是处女。但是，让这个年轻人紧紧搂抱住自己，与其说她是向拉斐尔张开双腿，不如说她是在对卡尔说“我爱你”。

误读

LES MAUVAISES LECTURES

“读小说，我？从来不！”

而他就生活在上千本书的包围中，书从地板堆到天花板，压弯了搁板，磨损他昏暗公寓的四壁，他很愤怒别人认为他会浪费时间读虚构的小说。

“事实，唯有事实！事实和思考。在我还没读完纪实书籍之前，我是不会花哪怕一秒钟去看虚构作品的。”

很少有人去他家里，因为莫里斯·普利松先生不喜欢招待客人。不过偶尔，当他的某位学生表现出对他这门课程真正的兴趣时，作为奖赏，他会在学期结束时邀请学生到他的客厅里捧着啤酒杯，围着矮桌上的三颗花生米共度一个小时。每次，学生都会被这个地方震撼，缩着肩，双膝并拢，眼睛扫视着那一排排占据了全部空间的书架——上面只有论文、专著、传记、百科全书等，不见一本文学书籍。

“您不喜欢小说，普利松先生？”

“那还不如问我是否喜欢谎言。”

“到这个地步？”

“听着，我年轻的朋友，自从我迷上历史、地理和法律，尽管我以每周阅读多本书的节奏勤勉阅读了四十五年，我仍在不断学习。我在喜欢幻想的小说家那里能发现什么东西呢？不，你告诉我，能发现什么？如果他们讲述了什么真实的事情，我早已知道；如果他们虚构一些不存在的事，我毫无兴趣。”

“可是文学……”

“我不想贬低我同事们的工作，也不想伤害你的积极性，更何况你是位出色的学生，有能力进高等师范学院。但如果我有资格坦诚相告，我很想说：别再用文学来烦扰我们！那些无聊话，那些鸡毛蒜皮的小事……阅读小说，那是单身女人干的事，说起来还是编织和刺绣更实用些。写小说就是在对一群无所事事的女人说话，并且希望从中得到赞许，不会超过这些！所以保罗·瓦雷里[1]，一位可敬的知识分子，不就拒绝写以‘侯爵夫人五点出门’这类句子开头的文章？他多么正确！他拒绝写，我拒绝读‘侯爵

1 Paul Valéry（1871–1945），法国象征派诗人，法兰西学院院士，著有《海滨墓园》等作品。

夫人五点出门'！首先，什么侯爵夫人？她住在哪儿？什么时代？谁能证明正好是五点而不是五点十分或五点半？再说了，早上十点或晚上十点，又能改变什么？反正都是假的。你看到了吧，小说，那是极度的武断专横，尽是胡扯。我是个严谨的人，我没地方、没时间也没精力浪费在这样的蠢事上。”

他觉得自己的论证无可辩驳。今年和前几年一样，他的论证产生了相同的效果：他的对话者没有反驳。莫里斯·普利松赢了。

如果他能听见学生的思想，就会发现这份沉默并不意味着他赢了。那年轻人被他这种不容置疑的口吻惊呆了，觉得对一个聪明人来说，这套理论过于武断。他心想他老师为什么对虚构保持如此距离，怎样的动机让他这么警惕艺术或激情？他尤其惊讶于对单身女士的鄙视恰好来自这位单身男士，普利松先生是公园高中众所周知的“老处男”，是个“顽固的独身者”，大家从未见他有女士陪伴。

莫里斯·普利松建议再开一瓶啤酒，那是他表示会谈结束的一种方式。学生明白，结结巴巴地表示感谢，跟着他的老师走到门口。

“假期快乐，亲爱的文科预备班同学，记住从八月开始就要认真复习古代历史，你会获益匪浅，因为到明年入学考试之前，你几乎没什么时间了。”

"好的，老师。从8月1日起，希腊史，拉丁史，我听从您的建议。不过还需要我父母能接受我在假期里带着一箱子书。"

"你们去哪里度假?"

"普罗旺斯，我家在那里有一所房子。您呢?"

学生提这个问题只是出于一种自发的礼貌，但这个问题还是让莫里斯·普利松有点意外。他眨眨眼睛，从遥远的记忆中搬救兵。

"去……去……阿尔代什，今年。"

"我太喜欢阿尔代什了。去阿尔代什哪里呢?"

"这个……这个……听着，我也不知道，是……是一位朋友租了一所房子。通常，我们是跟旅行社出去旅行的，今年夏天则去阿尔代什住几天。她替我们决定的，她在张罗，我没记住那个村庄的名字。"

学生善意地接受老师的慌乱，三步并两步走下楼梯，迫不及待去找他的同学，发布这个天大的消息：普利松有个女朋友！那些认为他是同性恋、说他是妓女的常客、认为他还是处男的造谣者全都搞错了。实际上，尽管普利松丑，几年来他生活中还是有一个女人的，他在假期里跟她一起周游世界，也许每个周五晚上都在一起。为什么他们不在一起生活呢？两种可能：要么她住得很远……要么她已婚……该死的普利松，今年夏天，他将成为他大学预科班学生的话题中心。

关上大门时，做老师的咬了咬嘴唇。他为什么要说出来？在他三十年的职业生涯中，他从来没有让人窥探到他私生活的蛛丝马迹。他怎么就顶不住了呢……是因为这个问题："在阿尔代什的哪里？"……他意识到他记不起来了……而他曾有着钢铁般的记忆力，什么都记得住……这让他很惊慌，结果，为了合理化他的记忆缺失，他提到了希尔薇……

他说了些什么？不管说了什么……他所担心的疾病就以这样的方式开始：混淆，口误，逃脱的某些记忆……现在，他的脑袋一片混乱，肯定是发烧了！这是第二个症状吗？大脑能退化得如此迅速吗？

他拨了希尔薇的电话，铃声在电话另一头回荡，因为她平时不会让他等这么久，他担心自己是否无意中拨错了电话号码……

“比我设想的还严重。如果我搞错了号码，如果是别人跟我说话，我挂了电话，一秒钟都不能耽搁，赶紧去医院。”

铃声响到第十下，有个略带吃惊的声音回应道：

“哪位？”

“希尔薇？”他问道，喘着气，声音发抖。

“是的。”

他舒了口气：还不太严重，至少他拨的电话号码是正确的。

“是莫里斯。”

“哦，莫里斯，对不起，我没听出你的声音。刚才我正在屋子的另一头做……发生了什么事？这不是平常你给我打电话的时间……”

“今年夏天，我们要去阿尔代什的什么地方？”

“去一个朋友的房子……噢，是朋友的朋友……”

“那个地方叫什么来着？”

“我不知道……”

莫里斯眨着眼睛吓呆了，手指紧紧握着电话听筒：她也出问题了！我们俩都得病了。

“你知道吗，我也不知道。”莫里斯尖叫道，“一个学生问我这个问题时，我怎么也想不起你对我说过的地名。”

“莫里斯，我不知道你怎么可能记得我没对你说过的东西。那位朋友，确切说是朋友的朋友……总之，房东给我画了一张地图告诉我们如何到达那里，因为房子在一个相当僻静的地方，远离村庄。”

“哦，是吗？你什么也没告诉过我？”

“没有。”

“你肯定？”

“肯定。”

“所以我并没有忘记什么，一切正常!”莫里斯说。

“等等，”她说，并不知道她刚才消除了对方多么强烈的焦虑感，“我去找找那张纸来回答你的问题。”

莫里斯·普利松靠在一把从一位姨奶奶那里继承来的扶手椅里，微笑着看着屋子，突然觉得这里跟凡尔赛宫一样漂亮。得救了！脱险了！毫发无损！他不会马上离开他心爱的藏书，他大脑还在运转，阿尔茨海默症只是在外围打转，在他坚固的脑膜城墙之外。威胁和臆想，退下去吧!

听到电话那头传来哗啦声，他猜想是希尔薇在查阅她那几张纸。终于，他听到一声欢呼。

“我找到了。你还在吗，莫里斯?”

“在。”

“我们将要去阿尔代什峡谷，去一座建在一条无名小路尽头的房子。我给你解释：过了一个叫圣马丁-代-福塞的村子，我们走栗子树之路，在有玛丽亚塑像的十字路口后的第三条小路，继续往前两公里。这个回答合你意吗?”

“太满意了。”

“你要让邮局转寄你的邮件?”

“就两个星期，没必要。”

“我也不需要。尤其是这样一个地址。”

“行，希尔薇。我不想继续打搅你了。你了解电话和我……那么，周六见。”

“周六，十点见。”

通话结束后，莫里斯一直兴高采烈。他不仅身体健康，而且马上要出发去度假！

和许多没有性生活的单身汉一样，莫里斯对自己的健康状况特别忧心忡忡。只要人家在他面前提到一种疾病，莫里斯就会怀疑自己得了这个病，紧接着便十分关注潜在症状的表征。疾病的症状越常见、越缺少特殊性，比如疲倦、头痛、盗汗、肠胃不适等，他就越怀疑自己已患上这种疾病。他的医生早已习惯见到莫里斯先生浑身发热、双手颤抖、嘴唇发干，在诊所快要关门前闯进来，来确认他是否已病入膏肓。每次医生都要给他做个彻底检查——至少给他这种感觉——随后让他的病人放心回家，而他高兴得仿佛真的从一场疾病中痊愈。

那些夜晚，那些得到解脱的夜晚，那些如死刑犯重获自由的夜晚，莫里斯·普利松脱光衣服，在卧室的落地穿衣镜前——那是个实木衣柜，是祖母留下的纪念物，里面镶了一面穿衣镜——满意地打量自己。当然，他不帅，一点不比从前帅，但他很健康，十分健康。所以这具谁都不想要的身体，比起那些引诱人的身体纯洁多了，他还可以活很久。这天晚上，莫里斯·普利松爱着自己，如果没有这种自己吓自己的强烈恐惧，也许他还给不了对自己的爱。再说了，还有谁能给他这份爱？

周六十点，他在约定见面的大楼前按了按喇叭。

希尔薇出现在阳台上，肥胖、愉快、穿着随便。

“表哥，你好！”

“表妹，你好！”

希尔薇与他从孩童时代起就一起玩。小时候，他是独生子，她是独生女，他们很要好，许诺长大后要结婚。可惜，一位听到他们悄悄话的叔叔向他们解释说，嫡亲表兄妹间，结婚是禁止的。这给他们的结婚计划踩了刹车，但并不妨碍他们继续相处。这场不被允许的婚约的阴影是否妨碍了他们建立各自的家庭？他们是否从未考虑过在他们奇怪的结伴之外的另一种结合？眼下，他们彼此都到了五十岁，一些失败的情感经历早已烟消云散，他们接受独身。像小时候一样，他们在假期里共度一些时光，总是伴着同样的愉快，甚至更多，因为他们的重逢仿佛消除了时间的流逝和生活的艰辛。他们每年花半个月时间，结伴游历了埃及、意大利、希腊、土耳其、叙利亚、黎巴嫩和俄罗斯。莫里斯很喜欢文化之旅，希尔薇则单纯享受旅行。

随着她身上的丝巾、披巾一阵龙卷风似的飘起，她走出大楼，朝莫里斯眨眨眼睛，踏过砖地，直奔停车场，把最后一个行李箱塞到她的那辆迷你小车里。

莫里斯心想这个巨胖的女人为什么老买小型车呢？它们除了让她显得更胖，用起来也不方便。

“莫里斯，你在想什么呀？”

她走上前，郑重地跟他行贴面礼。

被她小山似的胸脯挤压，他踮起脚，努力寻找她的脸颊贴上自己的吻。这一刻，他觉得自己很像希尔薇的那辆车，瘦弱、胸脯干瘪、身材矮小、关节纤细，完全可以给人一种感觉——他也属于她的收藏。

“我看着身边这个停车场，想起我住的那条街上有两个黑人，有几辆白色的加长豪华车。黑，白，多么大的反差。你有没有注意到？”

她大笑起来。

“没有。但你让我想起我市政厅的一名同事，娜达太太，她有一条乳白色的小狮子狗，她爱得要死。”

莫里斯刚想笑，突然惊恐地发现，他的汽车又长又高，敦实，外形按美国车的尺寸设计，完全从相反方向证实了反差定律。他从没想到过自己在汽车的选择上，也有某种补偿心理。

“莫里斯，我觉得你有点忧心忡忡……”

“没有，一切都很好。你呢，自从我们通了几个月电话却没有见面以来，你怎么样？”

“好得不能再好！历来如此，莫里斯！”

“你换了发型？”

“稍稍有点变化……你觉得怎么样？这样更好？”

“是的，更好。”莫里斯回答，并没有多想

“你应该还注意到我瘦了五公斤。不过这一点，没人看得出来。”

“确实，我正在想……”

“撒谎！我掉的是五公斤脑髓，不是五公斤脂肪。这五公斤，是看不出来的，只能靠领会！”

她又开始放声大笑。

他没有跟着她一起笑，但莫里斯对她是宽容的，随时间推移，这种温情越来越明智。他很清楚他表妹跟他完全不同，她没有念过多少书，太过于合群，食量大得惊人，爱开黄色玩笑，属于无忧无虑的乐天派。但他不责怪她，因为她是他唯一爱的人，他决心要好好爱她，就是说爱她本来的面目。即便他对她难看的外表——随着时间推移，越来越难看——抱着怜悯之心，但怜悯中也充满温情。说到底，他对希尔薇粗俗外表的同情，是他对待自己的一种投射。

离开里昂和它弯弯曲曲的道路，他们一前一后，驱车好几个小时。随着他们的南下，热浪改变了黏稠度，变得浓密、迟滞，停留在里昂盆地，仿佛一面滚烫的铅铸盾牌罩住了死敌。当他们沿着罗纳河行驶时，一阵清风些许缓解了暑热，等进入阿尔代什地区，热浪变得干燥，带有某种矿物的气息。

午后，他们走错了几次路，对此，希尔薇倒是觉得很有趣。后来，他们终于拐上一条荒无人烟、尘土飞扬的小路，把他们带到要去的别墅。

莫里斯立刻发现这地方的优点也可能成为它的缺点：房子建造在一块倾斜的大石头上，周围生长着一些因缺水而萎靡的灌木。房子由天然石材建成，与周围山体一样呈赭红色，耸立在离村庄几公里的地方，离周围邻居也有几百米远。

“非常好，”他声称，为了让疑惑中的希尔薇赞同他，他又说，“这是个休息放松的理想之地！”

她笑了，决定接受他的意见。

他们选好各自的房间，放下行李（莫里斯主要是书），希尔薇确认了电视和收音机都运行无误后，建议去附近的超市采购些食品。

莫里斯陪她一起去。他了解自己的表妹，生怕她买得太多太贵。

他推着购物车，同希尔薇一起穿行在一排排货架中。希尔薇什么都想买，喋喋不休地与她家附近超市里的商品作比较，承担了售货员的部分工作。在一件最棘手的事情——阻止希尔薇把猪肉货柜上的东西全部放进购物车——完成后，他们朝收银台走去。

“你在这里别动，我去拿本书！”希尔薇嚷道。

莫里斯克制着他的不快，因为他想让假期愉快度过。然而在心里，他恨不得一枪崩了这可恨的女人。在超市买书！他生平在超市买过书吗？哪怕仅仅一次。书，那是神圣、珍贵之物，人们先是在一串参考书目中发现它的存在；必要时打听寻找，觊觎良久；然后把书目写在纸上，到对得起书店二字的店里寻找或订购。任何情况下，一本书都不该在一堆香肠、蔬菜和洗涤剂中被购买。

“不幸的时代……”他嘟哝道。

希尔薇才不想那么多，她在堆成一摞或平摊在桌上的书堆里蹿来蹿去，仿佛那也是诱人的食品。莫里斯很快扫了一眼，发现当然只有小说。他如一名殉道者，眼望天花板，等着希尔薇嗅嗅这本，闻闻那册，掂掂这卷，翻翻内页，仿佛在检查生菜有没有粘上泥巴似的。

突然，她发出一声欢叫：

“太棒了！克里斯·布兰克最新的书！”

莫里斯不知道能激起他表妹高潮前期般兴奋的这位克里斯·布兰克是谁，对她扔到食品堆上的那本书根本不屑一顾。

“你从没听说过克里斯·布兰克？也是，你从不读小说的。可那真是太美妙了，一口气读完，每一页都让人流口水，没读到最后一页，绝对放不下书。”

莫里斯觉得希尔薇说起这本书就像在说一道菜。

“总之，这些商人把书与食品放在一起，很有道理。对这一类消费者来说，两者是差不多的。”他心想。

“听着，莫里斯，如果有一天你想让我高兴，你可以读一本克里斯·布兰克的书试试。”

“听着，希尔薇，为了让你高兴，我能忍受听你讲讲这个我不知道是夏娃还是亚当的克里斯·布兰克。这已经非常慷慨了，别指望我会读他的书。”

“这真是太蠢了，你会蠢死的。”

“我不这么认为。果真如此的话，我蠢死也不会因为这个原因。”

“哦，你认为我品位低下……然而，当我阅读克里斯·布兰克时，我意识到即使我不读马塞尔·普鲁斯特，我也不会低人一头。”

“为什么？你读过马塞尔·普鲁斯特？”

“这个，莫里斯，你太尖刻了。你知道我跟你不一样，没有读过马塞尔·普鲁斯特。”

莫里斯笑了，就像尊严受伤的文化守护神，现在人家终于不情不愿地承认了他的功绩。内心里，他很高兴不管是他表妹还是他学生，都认为他肯定读过普鲁斯特，其实他从未尝试过，因为他对虚构文学一向不感冒。再好不过，他可不想澄清，他读过那么多其他书……很正常，人们只借钱给有钱人，不是吗？

“莫里斯，我觉得我读不了那种鸿篇巨著。相反，读这个，我会度过一些美妙时光。”

“你是自由的，你有权想怎么消遣就怎么消遣，这跟我没关系。”

“相信我：如果你感觉无聊，克里斯·布兰克跟丹·温斯特一样出名。”

他不禁冷笑一声：

“克里斯·布兰克，丹·温斯特……他们的名字都那么简短，只有两个单词，简直就是象声词，很容易记住。一个在得克萨斯嚼着口香糖的低能儿也能不出错地记住。你以为这是他们的真实姓名还是人家遵循市场营销规律，故意取的名字？”

“你想说什么？”

“我想说的是克里斯·布兰克或丹·温斯特要比朱勒·米舍莱在贡多拉[1]船头更显眼。”

希尔薇刚想回答，突然看见她的朋友，便一声高呼。

1 贡多拉（Gondola），是意大利威尼斯特有的和最具代表性的传统划船。

她扑到三个跟她一样身形庞大的女人身上，摇着她们肉鼓鼓的手。

莫里斯很是气恼，希尔薇至少得离开半小时，这是她在家里没法进行的聊天所需要的最少时间。

他远远朝希尔薇的朋友们略微挥手，意在强调他不会加入她们的临时会议，并表示出些许不耐烦。他臂肘撑着购物车的边缘，随意扫了一眼车中物品，目光停留在那本书的封面上。多么粗俗！黑色、红色、金色，加上凸出的字母，做作的表现主义字体，竭力想给人一种感觉：这本书里藏有很可怕的内容，就如贴了“小心毒药”或“不许触碰，高压线，有生命危险”这类标签来警示人们。再看看这书名《藏着黑色秘密的房间》，很难再找到更蠢的书名，不是吗？哥特式和现代派，两种低级趣味叠加！而且，仿佛这样的题目还不够，出版商还要加上广告语“当你合上书，你再也赶不走恐惧！”多么糟糕……这样的书不用打开就知道是垃圾。

克里斯·布兰克……宁可去死也不要看这个克里斯·布兰克的书！并且，书还挺厚、挺丰满（就像希尔薇），为此奉上你的金钱，真是不可思议。

看见希尔薇和她的朋友们完全沉浸在交谈中，根本没有关注他，他悄悄把书翻过来。这砖头有多少页？八百页！多么恐怖！当我想到人们砍伐大树为了印刷克里斯·布兰克先生的垃圾……在全世界应该会卖出几百万册吧，这混蛋……都怪他，每次他上销售榜，人们就要摧毁一座三百年的森林，人们砍伐，树汁流淌！这就是为何人们会破坏地球，损害地球的肺、氧气层、生态系统，就为了让那些胖女人阅读这些零价值的厚书！真让我恶心……

女士们的聊天还在继续，没人在意他，他俯身阅读起封底的文字。

如果她知道自己将陷入怎样的境地，FBI探员伊娃·辛普伦绝不会在达克威尔的这幢房子里耽搁太久。她刚从一位远房姑妈那里继承了这幢房子，暂住此地，等着把它卖出去。她是否本该拒绝这份有毒的礼物？因为在这里的逗留将带给她许多神秘和令人恐惧的意想不到的事……半夜，是谁聚集在这幢大房子中央她一直找不到入口的那个房间里？这夜半歌声意味着什么？那些愿意出几百万美元买这幢孤零零破房子的买家又是谁？

死去的姑妈生前有一天曾对她说起过的16世纪的那份手稿又是怎么回事？里面隐藏了怎样爆炸性的内容，引起如此觊觎？

伊娃·辛普伦探员的苦恼远未结束，读者或许会跟着她一起彻夜难眠。

哈，这倒是挺有意思……多么白痴，电影里早就有这样的场景——莫里斯也鄙视电影——在尖利的小提琴声中，在蓝色光线下，一个金发的粗鄙胖女人在昏暗中奔跑……有意思的并不是有笨蛋阅读这样的书，而是有个可怜虫写这样的书。不存在愚蠢的职业，但人们总可以想出一种不那么可鄙的方式来支付自己的房租吧。而且拉出这八百页的内容，总得花上几个月时间吧。两种可能：要么这位克里斯·布兰克是个对自己的才华自命不凡的粗鄙之人，要么是个被出版商用枪抵着脑袋的奴隶。“八百页，伙计，一页都不少！”“为什么是八百页，先生？”“因为，我可怜的疯子、难弄的抄写员，因为美国中产阶级每个月花在阅读上的预算是20美元及35个小时。所以，你得给我炮制一本售价20美元花费35个小时阅读的书，ok？无需超额，不多不少，这是最好的性价比，市场规律，懂不懂？别再跟我提什么陀思妥耶夫斯基，我最讨厌共产党。”

双肘撑着购物车，双肩因发笑而微微颤抖，莫里斯·普利松自娱自乐地想象这番场景。这该死的克里斯·布兰克，最终，还得同情他一下。

他最担心的事终于发生了，希尔薇坚持要把朋友们介绍给他。

“过来，莫里斯。就是通过她们，我才找到了这个出租的度假屋。格蕾斯、奥德蕾和索菲亚住得离我们不远，就三公里。我们有机会再见面。”

莫里斯敷衍了几句客套话，心想议会应该颁布法令，禁止把“格蕾斯、奥德蕾和索菲亚”等这样漂亮女人的名字用在香肠般肥胖的女人身上。后来她们约好了要一起喝茶、玩滚球、到大自然散步，并在分手时大声嚷嚷着“回头见！”

回到别墅，等到窗外荒郊暮色四合，莫里斯忍不住又想起那本《藏着黑色秘密的房间》，多么荒谬的书名。不过有个细节激发了他的好奇心：情节围绕展开的那份16世纪手稿会是什么？这很有可能是确实存在的一份手稿，因为据他教授文学课的同事所言，美国小说家缺乏想象力。这是一份有关炼金术的论文？一份圣殿骑士团的备忘录？一份不能公开的家系族谱的记录册？一篇人们以为已经遗失的亚里士多德的文章？他不由自主地想象各种假设。最终，克里斯·布兰克或躲藏在这个笔名下的那个人，或许并不是一个自以为天才的浮夸者，而是个诚实的研究者、博学者，是美国善于制造却不愿付钱的那种出色大学教师中的一员……为什么不能是某个像他莫里斯·普利松那样的人？那个正直的人接受写这样令人讨厌的糨糊书，只是为了偿清债务或为了养活家人。或许这本书并非一无是处……

莫里斯有些埋怨自己的这份宽容大度，决定思考一些更严肃的主题。然而他在搬空汽车后备厢里的所购食品时不由自主地偷藏起这本书：利用汽车到房子的这一小段距离，他用三秒钟时间把书藏在一个陶瓷伞桶里。希尔薇正在厨房里安顿东西，准备晚餐，对此毫无察觉。为了不让她想起这事，莫里斯甚至还建议看看电视，不过声明按他的习惯，他会很快上床睡觉。

“如果我把她留在电视机前，她就不会想起要看书，会钉在椅子里直到最后一次天气预报。”

他的计划很成功，希尔薇非常高兴她表哥能接受看一晚上电影这种简单乐趣，宣布说他们一定会度过一个无比快乐的假期，他们今年没有出去旅行，做得很对，这能让他们换换口味。

看了半个小时他其实并未看进去的电影后，莫里斯夸张地打了个哈欠，说他要去躺下了。

“你别动，也不用调低声音，我被旅途搞得很累了，倒下就会睡着。晚安，希尔薇。”

“晚安，莫里斯。”

穿过门厅时，他从桶底掏出那本书，藏在衬衫里迅速上楼到自己房间，草草漱洗后关上房门，拿起《藏着黑色秘密的房间》，倚在床上。

“我只是想核实下这份16世纪的手稿到底是什么”，他心想。

二十分钟后，他不再想那个问题。他想用批评的眼光与文本保持距离的努力只持续了很少几页。第一章一结束，他便一口气翻到第二章。他的讽刺挖苦就像糖块溶于水一般融化在阅读中。

令他大感意外的是，在得知女主角FBI探员伊娃·辛普伦是女同性恋时，这着实让他震惊以至于他无法质疑作者赋予她的行为和思想。并且，这个漂亮女人因性倾向而被社会边缘化，反照了他自己因貌丑而被边缘化，因此他很快对伊娃·辛普伦产生了深切的好感。

听到希尔薇关掉电视机，听到她上楼的沉重脚步声，他记起他应该是在睡觉的，于是赶紧关掉床头灯：绝不能让她知道他在监视她，更不能让她察觉他偷了她的书，被她讨回去……

他在黑中度过的那几分钟显得那么漫长，那么烦人。房子周围有着各种声响，很难辨别是什么声音。希尔薇想过要锁住入口的大门么？肯定没有！他知道她放心一切的个性。她是否意识到他们是住在一幢陌生的房子，在一个哪儿都不是的荒野？谁能保证这地方没有不怀好意的游荡者、罪犯和卑鄙的小人为了一张信用卡杀人？说不定这里还猖獗着某个变态，潜入村子杀害村民？连环杀手，阿尔代什峡谷屠夫，甚至是一个团伙……很显然这里所有人都知道，除了他们这些新来的人，因为人家没有告知他们，他们成了最理想的靶子。他不寒而栗。

两难：起床看大门是否关好而惊动希尔薇；还是让不怀好意的人潜入，躲进某个壁橱或地窖？就在这时，一声凄厉的叫声划破夜空。

猫头鹰？

肯定是。

或者说某个人模仿猫头鹰的叫声招呼同伙？这在那些罪犯中是最常见的，不是吗？

不，是只猫头鹰，肯定的。

叫声又响起来了。

莫里斯开始出冷汗，背脊都湿透了。

这重复的叫声到底说明了什么？这真的是一只猫头鹰还是他同伙的回应？

他一下子跳起来穿上拖鞋，一分钟都不能耽搁。不管希尔薇怎么想，一伙精神变态比他表妹更让他惊慌不安。

穿过走廊时，他听到淋浴的汩汩水声。这让他安心了一点，她听不见他下楼。

楼下，客厅和餐厅笼罩在一片幽灵般的夜色里，他惊恐地发现她敞开着一切，没有关上任何一扇护窗板、落地窗，只需敲碎一块玻璃就可以进来。至于大门，她把钥匙留在锁孔里，甚至没有转过圈。可怜的疯女人！跟她这样的人在一起，发生谋杀也不用感到惊愕。

他顾不上喘口气，害怕耽搁哪怕一秒钟，立马冲出去，把一扇扇护窗板关上，不敢看一眼身后黑漆漆的乡野，时刻担心有一只手猛击他的头颈将他打昏。

然后他进屋，拧了一圈钥匙，锁上弹簧锁，闩上门闩，又在屋子里忙了一圈，扣好固定住护窗板的把手。

冲刺结束，他坐下来直喘气。随着心跳渐渐平缓，现在周边一切显得很安详，他明白刚才自己经历了一次惊恐发作。

“到底发生了什么，可怜的莫里斯？你从小就没有经历过这等惊恐。”

他回想起自己曾经是个胆小的男孩，但他以为这种脆弱早被埋葬于身后的无意识世界，埋葬于那个业已消失的莫里斯。这些还能卷土重来么？

“肯定是因为那本书！我真没什么可值得骄傲的。”

他嘟哝着回到自己房间。

就在关台灯的瞬间，他犹豫了。

“再看几页？”

如果他不关灯，万一希尔薇起床看到他门缝露出的灯光，肯定会奇怪他怎么还醒着，而他刚才明明说倦得要睡着了。

他在衣橱里找到一床鸭绒被，用它堵住门下方的缝隙，重新打开床头灯，坐起身继续阅读。

这个伊娃·辛普伦没有让他失望。她像他那样看问题，像他那样批评，不惜因挑剔而感觉痛苦。对，一切都像他，他很欣赏这个女人。

读了两百页后，他眼皮打架，睁不开眼睛，终于决定放下书睡觉。在拍打枕头准备躺下之际，他记起书页下方有很多注解，提及在从前的一些冒险遭遇中，伊娃·辛普伦同样是主角。多么幸运！他可以在其他书里再找到她。

实际上，希尔薇说得没错，这不是什么了不起的文学作品，但令人着迷。反正，他也并不钟爱文学名著。明天，得设法躲起来，继续他的阅读。

他正要昏昏沉沉睡去，一个念头突然让他从床上坐了起来。

“希尔薇……当然是……”

为什么他没有早一点发觉？

“这就对了……就是这个缘故她才这么喜欢克里斯·布兰克的小说。当她向我承认这点时，她说的不是克里斯·布兰克，而是伊娃·辛普伦。毫无疑问，希尔薇是女同性恋者！”

他表妹的一生就像一本快速翻阅的相册在他脑子里掠过：有个倾向性明显的父亲，希望她是个男孩；与一些大家从未见过的男人谈失败的恋爱；五十年来的每次生日，都是闺蜜，女同学，女性好朋友……今天下午她遇见那三个女人时欣喜若狂——甚为可疑的欣喜，不是吗？——她们男孩般的短发，男性化的服装，一点不文雅的举止，是不是很像小说中伊娃·辛普伦的上司——那个肥胖的，经常出入洛杉矶女同酒吧，抽着雪茄开一辆雪佛兰车的女同性恋者约瑟法·卡茨？显而易见……

莫里斯咯咯笑起来。这个发现让他觉得窘迫的仅仅是它来得那么迟。

“其实她应该告诉我的，她应该告诉我。我可以理解这一类事情。我们明天来谈谈这事，如果……”

这是他最后一个念头，接着便睡着了。

很可惜，第二天并不如他预想中的那样发展，希尔薇为了感谢她表哥愿意以接受在电视机前度过谦卑的晚上来开启他们的度假，建议来一场文化之旅。她手持旅行指南，安排了一趟参观史前洞穴和罗曼式教堂[1]的长途之旅。莫里斯没有勇气表示反对，更不敢想象如何对她承认，他现在最大的愿望就是留在家里读克里斯·布兰克的小说。

在参观两座小教堂的间隙，他们在一个中世纪小城的防御城墙上散步，他决定对另一道防线——关于真相，发

1 罗曼式教堂：Romanesque architecture，欧洲中世纪一种以半圆拱为特征的建筑风格。并从12世纪开始逐渐过渡到以尖拱为特征的哥特式建筑。

起进攻。

“告诉我，希尔薇，如果你听说我是同性恋，会不会感到震惊？”

“哦，我的天哪，莫里斯，你是同性恋？”

“不，我不是。”

“那你为什么这么问我？”

“为了向你示意，我听到你是女同性恋者时，不会震惊。”

她的脸涨得通红，几乎喘不过气。

“你在说些什么，莫里斯？”

“我只是想说，当人们真的爱一些人，就可以接受一切。”

“是，这我同意。”

“所以，你可以告诉我，希尔薇。”

她的脸色从绯红到铁青，花了一分钟时间才回答道：

“你认为我对你隐瞒了什么事情，莫里斯？”

“是的。”

他们又往前走了一百来米，她停下脚步，面对着他用颤抖的声音道：

“你说得对，我是向你隐瞒了些事，但现在还不到时候。”

“随时听你倾诉。”

莫里斯说这句话时那种令人信任的冷静感动了他表妹，她再也忍不住眼泪。

“我……我想不到你能这样……这真是太好了……”

他微笑，看我多么善解人意。

晚餐时，在吃完一块美味的油封鸭后，他试着重启那个话题：

“跟我说说，你那些朋友格蕾斯、吉娜和……”

“格蕾斯、奥德蕾和索菲亚。”

“你跟她们认识很久了？”

“没有，不很久，几个月。”

“哦，是吗？可是你们昨天看上去很亲密呀。”

“有时候有些事情让人走近。”

“你是在哪儿认识她们的？”

“这……这有点尴尬……我……我不想说……”

“还不到时候？”

“还不到时候。”

“你随意。”

在一个女同酒吧，就像小说里写的那样，肯定这样！类似“暧昧”或“咳嗽的猫咪”这一类夜总会，约瑟法·卡茨就在那追踪猎物……希尔薇不敢承认……莫里斯觉得他在表妹面前的表现堪称完美，现在可以好好沉浸到他偷来的那本书里了。

他如法炮制头天晚上的场景，打开电视，假装对一部愚蠢的连续剧感兴趣，过一会儿便使劲张开下颌，仿佛瞌睡虫袭击了他，于是得以离开电视上楼去。

回到卧室，他匆匆刷了下牙，便堵上门缝，一头扎进他的书里。

在第一场交锋中表现出色的伊娃·辛普伦，让他感觉这一天她都在焦急等待他回来。几秒钟后，他便再次来到达克维尔。阿加莎姑妈留下的那幢神秘房子，险峻地孤立于群山之中。他想着每个夜晚从那里发出的歌声，不禁毛骨悚然。

这一次他太沉浸于小说，没有听到希维尔关闭电视机、上楼睡觉的声音。直到半夜，一种恐怖的叫声才把他从书里拽出来。

猫头鹰！

或是有人在学猫头鹰叫。

他牙齿直打架。

他焦急等待了几分钟。

叫声再次响起。

这次再也不能回避，这叫声不是来自动物，而是来自人类。

他不寒而栗：大门！

跟昨晚一样，希尔薇没有锁上大门。更何况为了避免她询问，今天早上是他先起床打开的护窗板。

千万不能慌张，保持镇定，要比昨天控制得好点。

他关上灯，挪开堵门缝的鸭绒被，蹑手蹑脚走下楼梯，尽量不让木楼梯发出声响。

调匀呼吸：一、二；一、二。

等他走到楼梯平台时，眼前的场景吓得他魂飞魄散。

已经迟了！

一个男人在斜照进来的月色下慢慢走过客厅，墙上，他巨大的影子十分骇人，剪影勾勒出坚硬的下巴、笨重的颌骨、尖尖的滑稽耳朵。他无声地、小心翼翼地抓起每一个靠垫、每一块台布，还在书架上摸索。

莫里斯屏住呼吸。潜入者的从容不迫跟他的出现一样令莫里斯惊恐万分。

银色的月光透过窗棂照到他光滑的和尚似的秃顶。这大个子既不撞到家具也不碰到沙发，仿佛他早已熟悉这间屋子。他在这地方继续搜寻，两次、三次触摸同一个地方。他在寻找什么？

小偷职业化的镇定似乎有传染性，莫里斯站在暗影中没有动，但也不那么惊恐了。反正，他能怎么办呢？开灯惊吓到他？一个灯泡赶不走他……叫希尔薇？一个女人也对付不了他……冲上去把他打昏并捆起来？体格强壮的那个才占优势。而且，说不定他有武器呢？手枪或匕首……

莫里斯狠狠咽了口吐沫，发出的声响让他很担心暴露了自己。

潜入者没有任何反应。

莫里斯希望是自己夸大了身体发出的声响，而此时，他的肠子正在疯狂地咕咕作响……

潜入者叹了口气，他没找到想找的东西。

他会不会上楼去？莫里斯心想，如果真发生这种情况，他的心脏简直就要停止跳动。

陌生人踌躇片刻，硕大的脑袋仰起看看天花板，似乎打了退堂鼓，转身朝门外走了出去。

脚步声在房前响起。走了几米后，嘎吱声停止了。

他在等待？他会回来吗？要如何应对？

堵在大门后面，锁上双保险？那巨人会注意到他，会折回从落地窗破窗而入。

还是祈祷他已经走远吧。

去核实一下。

莫里斯小心从楼梯上楼，回到自己卧室，打开窗扇，凑近窗口。

他透过外侧关闭的百叶窗狭缝朝外看，看得不甚明了。灌木丛带里不见人影，但并不能确定潜入者就此离开。

莫里斯站了一个小时，观察和倾听，有时他觉得没一点动静了，过一会儿又觉得有东西在动。这座大房子本身就能产生出无数杂音：房梁、地板的爆裂声，水管的隆隆声，阁楼老鼠蹿动的声响。他很难辨别到底是哪种声音。

然而还是不得不下楼，不可能让门窗洞开着过一夜！那个人很可能再度回来。如果说刚才他没有上楼，很可能因为他知道楼上住着人。但他不会改变主意吗？他会不会想着等楼上的人熟睡了再度前来，到二楼寻找他想找的东西？对了，他找的是什么？

“不，莫里斯，别犯傻了，别跟你阅读的小说混淆。与《藏着黑色秘密的房间》不同，这幢房子里肯定不会藏着什么‘耶稣与抹大拉的玛利亚私生子的名单’之类的手稿，别胡思乱想了。然而这里肯定有某样东西，某样独一无二的东西，这个陌生的大个子找了已经不下一次，他对这里是那么熟门熟路……到底是什么东西呢？”

走廊的地板有些颤动。

潜入者又回来了？

莫里斯跪着蹭到门边，从锁孔往外看。

还好，是希尔薇。

他打开门，他表妹吓了一跳。

“莫里斯，你还没睡？我吵醒了你？”

莫里斯失声问道：

“为什么你起来了？你看到了什么？”

“你说什么？”

“你看到了什么不正常的事？”

“没有……我……我睡不着，就想着要不要去弄杯安神茶喝。很抱歉，让你受惊了？”

“没有，没有……”

“那怎么啦？你看到什么奇怪的事情？”

希尔薇的眼睛里闪着担忧。

莫里斯掂量着该怎么回答。不，还是不要吓着她。先要争取时间，争取时间对付那个可能再次回来的潜入者。

“我说，希尔薇，”他尽量保持平稳的语速和正常声调，“晚上是不是把窗关上更好些？还有大门，我敢肯定你没有拧一圈钥匙。”

“啊，没什么要担心的，这里没人来。你还记得我们找到这里时一路上的辛苦吗？”

莫里斯心想她这么愚蠢真是种福气。如果他告诉她一小时前就有个陌生人在客厅里搜寻……最好还是让她停留在无知的信任中吧。如果仅是他一个人害怕，他可能会怕得好一点。

她上前盯着他的脸。

“你看见了什么东西？”

“没有。”

“看见了什么非同寻常的事？”

“没有。我只是建议我们关好门窗，对你来说这不可思议吗？有悖你的准则？违反你的宗教？这就这么冒犯你吗？如果我们紧闭门窗，夜里你就睡不着了？如果我们采取一些最基本的安全措施，失眠就会找上你？那门锁和护窗板发明出来干嘛用的？”

希尔薇发现她表哥情绪有些失控。

她勉强挤出些笑容道：

“当然不是。我和你一起去关门窗，最好，我去替你关吧。”

莫里斯叹了口气心想：那大个子还在夜里游荡，不该再出去了。

“谢谢。对了，趁这时间，我给你准备安神茶。”

他们下楼。莫里斯看着她大大咧咧地跑到外面关上窗子。他祝福这种无知无畏。

在拧过两道门锁，插上插销后，她回厨房来到他边上。

“你还记得你小时候多么胆小吗？”

这句话冒犯了莫里斯，他觉得她太不合时宜了。

“我不是胆小，我是谨慎。”

他的回答没有任何针对过去的意思，只是阐明目前处境，没什么大不了的。希尔薇被他突如其来的威严吓了一跳，没再追究。

随着椴花茶的叶子慢慢浸润开来，她说起他们小时候度过的假期。当大人们在罗纳河边耽于午睡，他们划着小船去游荡，从渔民的鱼塘偷鱼放到罗纳河中，把河中央小岛上的窝棚称作灯塔……

希尔薇在怀旧的时候，回忆却将莫里斯带回那个年代的另一些往事：当他父母认为十岁的儿子足够懂事可以独自待在家里时，他们便重新开始外出看电影或参加舞会。他度过一些惊恐的时间，被抛弃在四米高的天花板下，弱小无助，哭喊着要爸爸妈妈，想着他们令人心安的气息，和安抚他的悦耳话语。他哭成泪人，因为他的身体知道眼泪能招来父母，但现在不管用了。几年前一直管用的那些办法现在都不灵了，无法让他摆脱无助、痛苦和孤独的境地。他失去了所有的能力，不再是个孩子，但还不是个成年人。此外，当他们活泼、愉快、微醺地在凌晨一点钟回来，带着不同的口吻、不同的香水和不同的动作时，他鄙视他们，发誓永远不要变成一个成年人，变成像他们那样淫荡、取乐、贪吃，整天耽于声色、纸醉金迷的成年人。如果他长大成人，一定是另一种样子，发展他的头脑，追求思想、科学、文化、博学，把食色放在一边。变成大人，可以；但要成为一名学者，而不是动物。

这是否就是他拒绝读小说的缘故？是否因为在这些被背叛的夜晚，他母亲为了让他有事做，在他床头放了几本她很醉心的书？或者说因为在他啃下第一本坚硬如铁的书之后，他父母却笑得半死，告诉他这一切都是假的，让他深受侮辱？

“莫里斯……莫里斯……你在听我说话吗？我怎么觉得你有点陌生？”

“一切都是陌生的，希尔薇。一切。陌生的事，陌生的人。看看，你和我，我们从生下来就认识，可彼此还隐藏着秘密。”

“你影射的是……”

“我影射的是你没有对我说的，但或许有一天会告诉我的那些事。”

“我发誓我会告诉你。”

她扑向他，拥抱了他，立刻又觉得有些不好意思。

“晚安，莫里斯。明天见。”

第二天过得实在有点怪异，他们谁都不愿对此加以评说。

莫里斯在经历那样一番精神刺激后，先是试着重新入睡，但无论如何睡不着。他于是开灯，继续读《藏着黑色秘密的房间》。他刚才被潜入者刺激过的神经，无法被书中接下去的内容安抚。伊娃·辛普伦——他显然喜欢这个女人，人们可以信任她——受到那些厚颜无耻的购买者的威胁，他们策划了一些要命的意外事故，因为她拒绝把达克维尔的房子卖给他们。伊娃·辛普伦侥幸逃脱这些伪装成意外的谋杀后，碰上另一个棘手问题：她一直找不到每天晚上传出歌声的那间神秘屋子的入口。她检查了墙壁，勘查了地窖、阁楼，什么也没发现。她在镇政府查阅土地册，分析保管于公证人处的这幢房子的继承资料，它们都暗示房子内部可能有一具尸体。怎么找到这具尸体？又是谁每天来这里？伊娃拒绝相信是幽灵。幸亏那个混账的约瑟法·卡茨派给她一名年轻的建筑设计师，他能够还原这幢房子的建筑结构。尽管这个可恶的女同性恋者在被拒绝一万八千次后，仍在追求伊娃·辛普伦，但她确实很专业。因为也许那个年轻人即将找出某种解释，可以排除一切超现实的假设……总之到了早上八点，一夜没合眼的莫里斯满脸倦容，气鼓鼓地起床，很恼火要将伊娃·辛普伦丢在达克维尔，自己去阿尔代什河。并且这个周一，还要同在超市碰到的那群女人一起野餐……在女同的营地，跟一群比自己还结实还男性化的女人度过一天。哦不，多谢！

他竭力表示身体欠佳，更愿意自己在家休息。但希尔薇坚持：

“没门！如果你病了，而且有点严重的话，我应该照顾你。所以，要么我留在这里，要么你跟我一起去。”

他知道已无力拯救他的阅读，只得陪她一起去。

时间过得似一种煎熬。肆虐的阳光暴晒着碎石小路，他们走得筋疲力尽，终于来到一汪碧绿的水潭，阿尔代什的激流在此平息。莫里斯只在冰冷的河水里沾湿了一下脚趾，就立刻缩了回去。这顿草地上的野餐简直就是个圈套：起先他一屁股坐到一个红蚂蚁窝上，后来又被一只蜜蜂蜇了一口，因为它要同他争吃一个杏子。为了维持烤香肠的那点火苗，他费了吃奶的劲吹气，吹得头晕眼花。在下午剩下的时间里，他一直觉得吃下的那颗白煮蛋没有消化。

回程时，她们要玩一个集体游戏，莫里斯巴不得，试着躲在一旁打个盹。不过显然这是个关于历史和地理知识比赛的游戏，他无法抵挡，便加入进去。由于每次都赢，他就继续玩下去。随着一次次胜利，他变得越来越轻蔑对手们。当他实在过分讨厌时，女人们厌倦了，便开始喝开胃酒。茴香酒经过一天的太阳暴晒，失去了脆弱的平衡，以至于等到希尔薇和他回到别墅后，他不仅浑身酸痛，而且头痛欲裂。

晚上九点，吃完最后一口饭，在关好门窗后，他便上楼去睡觉。

靠着枕头，他纠结于两种矛盾的心理：兴高采烈地与伊娃·辛普伦相会或担心潜入者的再次造访。读了两页后，他忘了这进退两难的境地，完全跟着女主角一起战栗。

十点半，他感觉希尔薇关了电视，脚步重重地上楼了。

到十一点，他像伊娃·辛普伦一样想，幽灵到底存不存在呢？不然的话，如何解释那些个体可以穿过墙壁？

到某种时候，非理性不再是非理性，因为那是唯一的合理答案。

十一点三十分，一阵响动将他从书本中惊醒。

脚步声，小心翼翼的脚步声，绝对不是希尔薇的脚步声。

他关上灯，走到门边，挪开鸭绒被，打开一条缝。

他猜想有人在底楼。刚这么想，那个人就出现楼梯上：身形巨大的光头，蹑手蹑脚地走上楼梯，继续他的探寻。

莫里斯赶紧关上门，身体抵住门，怕那个潜入者会推门而入。不到一秒钟，他便浑身湿透，豆大的汗珠顺着脖颈和后背往下淌。

那陌生人在他门口停了下，又继续往前。他把耳朵贴在木门上，听到了他走远的声音。

希尔薇！他去希尔薇那里了！

怎么办？逃！冲下楼梯在夜色中逃走。可是逃到哪里？他一点都不了解这个乡村，而那个人对这里了如指掌。再说，他也不能扔下表妹不管，把她留给罪犯，那他也太可鄙了……

拉开门缝，他看到那影子进了希尔薇的房间。

“如果我再多想，我不会有行动。”

必须立刻出击！莫里斯很清楚，每过一秒钟，他采取行动的可能性便降低一分。

“你还记得吗，莫里斯？这就像高台跳水，如果你不马上跳，你就永远不会跳下去。得救完全依赖于潜意识。”

他猛吸一口气，冲到走廊，朝那房间奔去。

“希尔薇，小心！小心！”

因为那潜入者关上了门，莫里斯用力猛撞。

“快出来！”

房间里没人。

快，看看床底下！

莫里斯趴在地上，陌生人没有躲在床下。

壁橱！衣柜！快！

只几秒钟，他打开了所有的门。

他搞不懂了，大声叫喊道：

“希尔薇！希尔薇！你在哪？”

浴室门打开了，希尔薇惊慌地出来，浴袍勉强打着个结，手里拿着把梳子。

“发生了什么事？”

“你是一个人在浴室吗？”

“莫里斯，你疯了吗？”

“你是不是一个人在浴室？”

她温顺地朝他转过身，看了他一眼，然后皱起眉头困惑地说道：

“我当然一个人在浴室里，我还能跟谁在一起啊？”

深受打击的莫里斯一屁股坐到床沿上。希尔薇过去，把他抱在怀里。

"莫里斯，你这是怎么了？你做噩梦了？告诉我，莫里斯，告诉我，告诉我你在担心什么？"

从这刻起，他应该保持沉默，否则就会像小说中的伊娃·辛普伦一样，被人当作疯子，人家假装听她，却什么也没听进去。

"我……我……"

"对，告诉我，莫里斯，告诉我。"

"我……我应该是做了个噩梦。"

"现在都结束了，没问题了，这不要紧。来，我们去楼下厨房，我来给我们泡杯安神茶。"

她拉着他下楼，嘴里不停说着话，自信、无所畏惧、镇定自若。莫里斯渐渐被她的冷静感染，认为不把他的恐惧说出来是对的。希尔薇令人心安的态度给了他力量，他要独自把调查进行到底。毕竟他只是个历史老师，不是FBI的探员，像伊娃·辛普伦那样擅长应对极端处境。

在希尔薇喋喋不休之际，他在想这座房子是否与达克维尔相似，有一间带有隐蔽活板门的密室，也许就隐藏在这些墙后，那个人就藏在那里？

他不寒而栗。

那就意味着潜入者一直就在他们中间……是不是最好

马上就离开这里？

有一个发现击倒了他。对呀！肯定是这样！所有的门窗都关好了，这个人是怎么进来的？

他不是潜入的，他本来就在。实际上那人就住在这所房子里，住得比他们更久。鉴于这所房子结构有些古怪，那个人就住在他们还未发现的一个空间里。

“我们来这里时，打搅到了他。”

这是谁？他晚上寻找的又是什么？

除非……

不可能。

可能！为什么不会是个幽灵？总之，幽灵，人们已经说起过很久了。就像约瑟法·卡茨抽着雪茄时说的那样：没有火就不会有烟。难道是……

莫里斯不敢再往下想，那个大个子不知何故也不知是如何藏身于这房子的，与萦绕这所房子的幽灵相比，到底哪个更可怕……

“莫里斯，你很让我担心。你好像有点走神。”

“嗯？也许有点中暑……”

“也许……如果明天你感觉还不太好，我就打电话给医生。”

莫里斯心想“明天我们都要死了”。但他没有说出来。

“好了，我回去睡觉了。”

“再来一杯茶？”

“不了，谢谢，希尔薇。你走在前面，求你了。”

等希尔薇走上第一级楼梯，莫里斯借口关厨房的灯，抓起挂在墙上的切菜刀，藏在自己睡衣里。

到了楼上，他们互道晚安。

莫里斯正要关门，希尔薇拦住他，凑上自己的脸颊。

“等等，我想亲吻你一下，这样你会更安心些。”

她在他额头上留下一个湿湿的吻。正当她后退时，她的眼睛里流露出惊讶的神色：她看到了莫里斯身后的什么东西，对，她看到了屋子里的什么东西，吓住了她。

“什么？你看见了什么？”他惊慌地问道，坚信潜入者站在了他身后。

希尔薇想了一秒钟，随后大笑道。

“没有，我想到了一件毫无关联的事。别这样神经兮兮的，莫里斯，不要这样自己吓自己，一切都很好。”

她笑着离开了。

莫里斯带着羡慕和怜悯的复杂心情看着她消失。蠢货们真是快乐。她什么都不怀疑，还拿我的担忧打趣。也许正有个厉害的幽灵或刽子手藏在墙壁后贴着耳朵偷听呢，她却还在嘲笑我。做个英雄吧，莫里斯，就让她沉浸在错觉中吧，你不该为此生气。

他躺下，开始思考，但这样沉思默想的结果只是让他更加焦虑。尤其是床上大腿边搁着的那把刀更是不同寻常，冰冷的刀锋刺激着他，他愈发担忧。

他再次打开《藏着黑色秘密的房间》，仿佛经过一场磨人的旅行后重新回到家里。也许答案隐藏在书里？

凌晨一点，只剩下五十页他就可以知道谜底，情节变得从未有过的紧张曲折。这时他感觉到了走廊里的动静。

这次，他没有犹豫一秒钟，马上关灯，在被子下面紧紧握着刀柄。

过了几秒钟，房门的把手还在一点点转动，闯入者试图进到他房间里来。

那人十分小心，用慢得让人受不了的速度打开门。当他跨进门口，走廊天窗透下的微光照亮了他光秃秃的头顶。

莫里斯屏住呼吸，装着闭上眼睛，睁开一条缝让他看见那巨人慢慢凑过来。那人靠近床，朝莫里斯伸出手。

“他要掐死我？”

莫里斯突然掀开被子，手里握着刀，尖叫着挥向陌生人，鲜血飞溅。

这场风波实属罕见。阿尔代什的山村，通常十分宁静。发生这样的事件极其少见。

警车边上还停了几辆市政府、当地议员及最相近的邻居们的车。房子矗立在一块偏僻的大石头上，几十个路人不知怎的听到消息，跑过来看热闹。

警局不得不用塑料带拉起象征性的围栏，保护别墅入口，还派了三名警察守在那里，阻止影响现场的好奇者。

一辆卡车前来运走尸体，警察和工作人员不太相信地看着这个身形巨大的女人第十次重复她的故事，她时不时哽噎着说不下去，流泪，擦鼻涕。

“至少，我求你们让我的朋友们进来，这不，她们来了。”

格蕾斯、奥德蕾、索菲亚冲向希尔薇，拥抱她、安慰她。随后她们在一旁的沙发上坐下。

希尔薇向警察说明她们到场的必要性。

“就是在她们的帮助下，我租了这间别墅。我们是今年冬天在医院，在米洛教授的科室接受治疗时认识的。哦，我的上帝，要是我能早一点想到……”

她对她们又说了一遍事情经过。

“我不明白到底发生了什么。莫里斯，今年显得特别友善，比从前更包容、更简单。我以为他知道了我正在从疾病中恢复，知道了我在接受抗癌化疗。也许是有人告诉了他，或者是他猜到了。所以这些天，他一直在拉我一把，表示他爱我原本的样子，我不应该对他隐瞒什么。可对我来说，这确实有点难。我不能接受因为化疗而掉了头发，所以在光头上戴了个假发套。第一天晚上，我猜想他可能在楼下看到我了，我当时穿着睡衣，没带发套，正在寻找我从超市买的不记得放在哪儿的一本书。昨天晚上在喝了一杯安神茶，跟他道晚安的时候，我发现这本该死的书在他房间里，在他床上。半夜里，我睡不着，自从我生病后经常睡不着，我就想着不要打搅他，我可以把那本书找回来。莫里斯睡着了，我小心翼翼地不吵醒他，不发出一点声音朝前走。当我正要伸手去拿那本书时，他突然扑向我，我感觉一阵刺痛，我看到一把刀。我惊叫着挣扎，把莫里斯往后推了个踉跄，他撞到墙上弹了回来，侧身倒下。这时，啪，脖子断了！他的头颈撞在床头柜上，一下子就死了！”

她哭得说不下去了。

警长摸着下巴并不相信，询问组员的意见，他们认为意外事故的可能性不大，如果他不是担心表妹会攻击他，为什么睡觉时要带着把刀？

接着，尽管希尔薇的朋友们一致抗议，警长还是说希尔薇将被指控。现场不仅没有任何搏斗的痕迹，而且，正如她自己交代的，她是死者唯一的继承人。人们给她戴上手铐，带走。

警长独自回到楼上，戴上手套往透明塑料袋里放两件物证：一把厨房用的大刀和一本克里斯·布兰克的小说《藏着黑色秘密的房间》，书页也溅上了血迹。

在收起这本书时，他瞥了一眼褐色血迹下尚可辨认的内容简介，禁不住叹口气喃喃道：

“还真有人看书看傻了……”

手捧花束的女人

LA FEMME AU BOUQUET

在苏黎世火车站三号站台，有一个女人手捧一束鲜花，每天来此等候，一等就是十五年。

一开始的时候，我并不愿意相信。在注意到她之前，我已经多次旅行去过我的德语出版商埃贡·阿曼处。我是经过了很长时间才感觉似乎有些不对劲，因为那个上了年纪的女人看上去十分正常，十分严肃端庄，没人会特别注意到她。她穿一身黑色细呢长裙套装，平底鞋深色丝袜；一把鸭嘴形伞柄的雨伞从黑色硬牛皮包中露出；一顶珍珠色无边软帽扣住脖颈上的发髻；一束以橙色为主的朴素田园小花捧在她戴着手套的指尖。完全没什么特征能将她归入疯子或怪癖者之列，所以我把遇见她视为一种偶然。

不过有一年春天，当阿曼的一名助手尤拉在车厢外迎接我的时候，我指着那陌生女人道：

“挺奇怪，我经常看见这位女士，多么凑巧！她该是在等待我的一个影子或复制品吧，一个总是跟我坐同一列火车，总是同时到达的人！”

“完全不是，”尤拉声明道，“她每天都站在这里，她在等候。”

“等谁？”

“等一个一直没来的人，每天晚上她都是一个人离开，第二天再来。”

“真的？有多久了？”

“我，我看见她有五年了，但我跟火车站站长聊过，他注意到她至少有十五年了！”

“你开玩笑吧，尤拉！你在给我杜撰小说吧！”

尤拉涨红了脸，她稍微有点激动就会脸红。她一边摇头苦笑，一边结结巴巴道：

“我发誓这是真的，十五年来，她每天来。另外，很有可能超过十五年，因为我们中的每个人都是经过好几年才发觉她的存在……所以第一个发现她的人也应如此……比如说你吧，你经常来苏黎世已经有三年时间，但你今天才对我说起她。也许她在这里已经等了二十或三十年……她从未回答过任何人她在这里等什么。”

“她做得对，”我说道，“另外，谁能说得清这样一个问题？”

我们没能进一步弄清楚，因为我们需要准备媒体的一系列采访。

我再也没想起过这事，直到下一次旅行。车厢里的扩音器里一响起“苏黎世”几个词，我立刻就想到那个手捧花束的女人，心想：这次，她是不是还在？

她还在，警觉地站着，就在三号站台。

我观察着她，她浅色的眼睛呈一种水银色，近乎无色。皮肤白皙健康，带着时间刻痕。身材瘦削而结实，看得出曾经的活力和健壮。火车站站长对她说了句什么，她点点头，和善地笑笑，然后继续全神贯注盯着铁轨。我只发现一样不同：她拎了一把帆布折叠椅。这不正是思维正常的一种表现吗？

转了几趟电车后，我到达阿曼出版社，决定做一番调查。

“尤拉，求你件事，关于那个手捧花束的女人，我想知道更多。”

她的双颊又红了。

“我笃定你要问我，所以提前做了准备。我到车站去同那里的工作人员聊天，现在我跟行李寄存处的人已经很熟了。”

我对尤拉表现出的热忱十分感激，我毫不怀疑她能收集到最大程度的信息。尽管她看上去有些生硬、严厉，跟人说话时的眼神也十分犀利，但她喷薄而出的幽默感却消解了这第一印象的威严。她阴郁的外表下有一种出人意料的好脾气。如果说她跟所有人都相处得很好，那是因为她身上有一种难以掩藏的通吃的亲和力，她有着强烈的好奇心。

“即使整天待在户外车站，那个手捧花束的女人可不是流浪者，她住在一条绿树掩映的街上的一幢有钱人的漂亮别墅里。她一个人生活，由一名五十来岁的土耳其女佣照顾起居。她是斯坦梅茨太太。”

“斯坦梅茨太太？那土耳其女佣有没有告诉我们她女主人在车站等谁？”

“别人一走近，那土耳其女人就赶紧躲开。是住在相邻街上的一位朋友告知了我一些情况：那女佣既不会说德语，也不会说法语、意大利语。”

“那她怎么跟女主人交流？”

“用俄语。”

“那土耳其女人懂俄语？”

“斯坦梅茨太太也懂。”

“这太吊人胃口了，这个。你有没有打听到这位斯坦梅茨太太的身份情况？”

“我尝试过，但什么也没找到。”

“丈夫？孩子？父母？”

"没有。需要明确的是：我不能向你保证她没有丈夫，或没有已故丈夫，没有孩子，我只能说我不知道。"

茶歇时，大家围着几块马卡龙，埃贡·阿曼出版社的员工也加入我们的探讨。我重新抛出话题：

"你们觉得，那个手捧花束的女人到底在等什么？"

"等她儿子，"克劳迪娅说，"做母亲的永远在等待儿子的归来。"

"为什么是儿子？"奈莉抗议道，"为什么不可以是女儿？"

"她丈夫。"多丽斯答道。

"她情人。"丽塔纠正道。

"她姐姐？"马迪亚试探道。

事实上，每个人在给出答案时，表达的都是他自己。

克劳迪娅痛苦于不能见到她在柏林教书的儿子；奈莉见不到嫁给新西兰人的女儿；多丽斯思念的是她做销售，因此经常出差的丈夫；丽塔换情人就像换短裤一样频繁；至于马迪亚，这个和平主义者，故意拒服兵役的年轻人，更愿意完成文职工作而不是去军队，他一直保留着对家庭氛围的怀念。

尤拉觉得她的同事们都有点智障。

"不对，她是在等待一个死了的人，她不能接受他的死亡。"

“这并不改变什么，”克劳迪娅叫道，“这可以是她儿子。”

“她女儿。”

“她丈夫。”

“她情人。”

“她姐姐。”

“或者是她一出生就死了的双胞胎兄弟。”寡言孤僻的罗密插嘴道。

我们看着她，心想，即使她告诉不了我们那个手捧花束女人的秘密，至少告诉了我们她自己的秘密，她一直很忧伤的原因。

为了分散大家的注意力，我转身问埃贡·阿曼：

“你怎么想，埃贡？她在等谁？”

即使埃贡坚持和我们待在一起，但在这种被他视为孩子气的休息时间里，他很少发言。专注、眉宇聪慧、鼻梁挺拔的他，六十年来什么都读过、破解过。他早晨五点起床，随即点上一支雪茄，打开手稿，贪婪地阅读小说和随笔。他飘逸的白发，让人觉得那里携带着他充满冒险的一生的种种印迹：他所游历过国家的风，他抽掉的成吨烟草叶的烟，他所出版的书里的梦。他对一切都不下断言，不做说教，他持续的好奇心、发现新事物的欲望、语言天赋，都让我深深折服。在他面前，我自惭形秽。

埃贡耸耸肩，望着围绕椴树花飞来飞去的山雀，嘟囔了一句：

“她的初恋？”

随后，他有点不好意思这样的表露，恼恨自己被带偏了。他眯起眼睛严肃地看着我：

“那你怎么认为，埃里克？”

“她没有回来的初恋。”我喃喃道。

我们陷入沉默，大家都明白其中的陷阱。通过这个陌生女人，我们吐露了自己隐秘的愿望，承认我们内心最深处在等待或可以等待的东西。我多么想钻到这些脑袋里面，把他们了解得更透彻。不过，我也不愿意人家剖开我的脑袋！这个头颅，这个包裹着未曾说出话语的围墙，这个被我的太阳穴围住的漆黑圣殿，是多么痛苦！我要是说出某一些东西，一定会崩溃！所以最好还是闭嘴吧。我们每一个人不都是在沉默中保护自己吗？

回家后，我继续想着这个手捧花束的女人。后来，我去苏黎世的旅程多半通过航空和公路，坐飞机或汽车，我没有机会再经过火车站。

一年或两年就这么过去了。

那个手捧花束女人的特点，我忘记了又没有忘记，更确切地说，在我孤单时，在我无法向谁拷问时，才会想起……她的形象只纠缠于我的无助中。尽管如此，有一次我在同尤拉通电话时还是提到了那个女人。

“是的，是的，我向你保证，她一直在，每天都在。当然了，她有些衰老了，会时不时在她的折叠椅子上打个盹，不过很快又打起精神，捡起她的花，继续注视着铁轨。”

“她真让我着迷。”

“你错了，尽管她看上去不像，但肯定是个精神不正常的人，一个可怜的疯子。总之，在今天这个电话、互联网的时代，人们不会到火车站台去寻找某个人，不是吗？”

“我感兴趣的并不是***为什么***她要在火车站台等待，而是她等待的是***谁***。有谁能够让我们年复一年地等待，甚至等待一生？”

“作家贝克特的《等待戈多》。”

“表象！对他来说，他是为了表达这世界的荒谬，没有上帝，表达我们这一生不该指望任何事情。贝克特是位清道夫，他扫天扫地，他把你所有希望都扫到垃圾桶，变成垃圾。而我，在手捧花束的女人这件事中，扪心自问，我感兴趣的在于两个问题：第一个，我们在等谁？第二个，我们这样等待，到底对还是错？”

“等等，我把话筒给老板，他听到了我们的对话。他有话要说。”

“埃里克？我就对你说一句话，‘在一个难解之谜中，最让人感兴趣的不是它所隐藏的真相，而是它所包含的神秘性。'”

“谢谢为我指出，埃贡。”

我挂上电话，怀疑他正在电话那头嘲笑我呢。

去年春天，为参加一个研讨会，铁路又把我带回苏黎世。我一坐进车厢，就一心想着她。我很愿意还能看到她平静、微笑、忠诚、无视旁人，专注于某件我们所不知晓的事。这个女人，我们只瞥见过她几秒钟，却可以谈论几个小时，仿佛她是个斯芬克斯之谜，是我们想象力经久耐用的催化剂。

火车靠近苏黎世，我唯一能够确定我们与她有所相关的便是：她要等待的不是我们中的任何一个。她掠过我们的目光仿佛我们完全透明，我们的沉默、懒于探询和间歇性遗忘，是不是源于我们的自尊心受了伤？

苏黎世！

双脚一踏上地面，我立刻就发现了她的缺席。等几个笨蛋终于离开了三号站台，站台留下一片空白。

她发生了什么事？

在坐电车穿过苏黎世时，我不许自己胡思乱想。尤拉应该知道，她肯定知道，会告诉我的。于是我满足于凝望这座既富有又简朴的不寻常城市。这是我祖母梦想中的城市，砖石结构大房子的窗外都缀着盛开的天竺葵，城市静谧得如同它怀里的那片湖水，而在厚厚的石墙内，成千上万对经济产生重大影响的交易正在进行着。苏黎世的缺少神秘一直让我觉得很神秘：我们拉丁民族认为肮脏、扭曲、混乱是构成冒险的一部分，而乖巧、整洁、有序的苏黎世却因缺少这些稀奇古怪的事而变得古怪。它的魅力就像打着领带抽着烟斗的优雅情人，像家庭中的模范儿子、理想女婿，但很可能大门一关上，就是最放荡不羁的那类人。

在阿曼出版社，我首先完成自己的职责，讨论日程安排。然后我趁休息时间在半道叫住了尤拉：

“那个手捧花束的女人怎么了？”

她不安地转了转眼珠子。

“等我们有时间了再告诉你。”

晚上，研讨会、签字、晚餐结束后，我们疲惫地回到酒店。我们没说一句话，就在酒吧坐下，用手指指自己喜欢的鸡尾酒。然后我在尤拉点烟的时候关掉了我的手机。

“怎么说？”我问。

我不用多说，她知道我期待的是什么。

“手捧花束的女人等待的事情发生了，所以她不再出现在那里。”

“发生了什么？”

“我行李寄存处的朋友全部告诉我了。三周前，手捧花束的女人突然站了起来，欣喜得两眼放光。她朝走出车厢的一个男人频频挥手，他立刻就看见了她。她扑向他怀里，他们拥抱了很长时间，甚至行李搬运工都被她浑身洋溢的幸福所感动。那个高大的男人，穿一件深色长大衣，没人认出他是谁，因为一顶毡帽遮住了他大半张脸。关于他，人家所能告诉我的就是，他看上去并不为他们的相逢而吃惊。后来他们手挽着手离开了车站。在最后一刻，她表现得很俏皮，把帆布折叠椅留在人行道上，仿佛那椅子根本就不是她的。对了，我还忘了一个奇怪的细节：那个男人旅行不带行李，他手里只拿着她递给他的那束橙黄色的花。”

“后来呢？”

“我的邻居朋友给我讲了接下去的事。我对你说起过他吗？他就住在与斯坦梅茨太太相邻的那条街上。”

“哦，是的。请说下去。”

“那天晚上，那个男人和她一起回到家里。她命令女仆出去，第二天才可以回来。土耳其女人照办了。”

“然后呢？”

“那个手捧花束的女人死了。”

“什么？”

“死了，自然死亡。心脏停止了跳动。”

“有没有可能是他……”

“不，这一点上没有任何可疑之处。心跳骤停，经过医生诊断和确认。他被洗清了嫌疑，尤其是他……”

“他怎么了？”

“他消失了。”

“什么？”

“噗呋，飞走了！仿佛他从没进来过也没出去过。土耳其女人声称她从没见过他。”

“可是你刚才说……”

“是的，我的邻居朋友看见他进了她家里，但女佣一口否认。反正警察对此也不感兴趣，因为死亡原因没有任何值得怀疑之处。我朋友现在也闭口不提了，因为他越坚持，周围人越觉得他脑子有问题。”

我们深陷在皮椅里，端起鸡尾酒，陷入了沉思。

“没有他的一丝消息？没有任何有关他的线索？”

“完全没有。”

“他的火车是从哪个城市开来的？”

“人家也不知道，没法告诉我。”

我们又向酒保要了第二杯，仿佛酒精能驯服那份神秘。

“那个土耳其女人去哪里了？”

“走了，回自己国家去了。”

“谁继承了那幢别墅？”

“市政府。”

没有任何不良动机可以解释。第三杯鸡尾酒是必须的，酒保开始用担心的目光打量着我们。

我们都没说话。

尤拉和我无法搞明白是怎么回事，不过我们仍然兴味十足去想这件事。通常，生活是故事的杀手：有些早晨，我们感觉有什么丰满、纯粹、独特的事情马上会发生，然后电话铃响了，一切结束。生活将我们剁碎、驱散，把我们变成粉末，拒绝把它的纯粹性给予我们。手捧花束女人这件事的奇特在于生活重新获得一种形式，它的命运拥有了文学的纯粹性和艺术品的布局。

凌晨二点，我们离开酒吧回去睡觉，但睡眠迟迟不来，因为直到早上我一直在思索苏黎世火车站三号站台上那个手捧花束的女人等待的到底是谁。

我觉得到我生命最后一天，我会想从火车上下来的也许就是死亡或爱情。